LES AMANTS DE MONTREUIL

DU MÊME AUTEUR

UN AVANT-GOÛT DE PRINTEMPS, Autrement, 2007.
LE ROI D'OLTEN, éditions Bernard Campiche, 2011.
LÉON ET LOUISE, Actes Sud, 2012 ; Babel n° 1237.
LE FAUSSAIRE, L'ESPIONNE ET LE FAISEUR DE BOMBES, Actes Sud, 2015 ; Babel n° 1464.
VOYAGEUR SOUS LES ÉTOILES, Actes Sud, 2017 ; Babel n° 1603.
AU SEVILLA BAR, Actes Sud, 2019.

"Lettres allemandes"

Ouvrage traduit avec le soutien de Pro Helvetia

fondation suisse pour la culture
prohelvetia

Titre original :
Königskinder
Éditeur original :
Carl Hanser Verlag GmbH & Co. KG, Munich

ISBN 978-2-330-16712-7

ALEX CAPUS

Les amants de Montreuil

roman traduit de l'allemand
par Emanuel Güntzburger

ACTES SUD

Par une nuit de tempête de neige, une Toyota Corolla s'efforçait péniblement de vaincre les virages de la route du col. Les phares cherchaient le chemin entre les piquets rouges, les roues crissaient dans la neige et laissaient une trace solitaire qui disparaissait bientôt sous une nouvelle couche de neige. Le dernier habitat humain, la dernière fenêtre illuminée étaient loin en arrière. Ce n'étaient plus désormais que pâturages escarpés recouverts d'une épaisse couche de neige d'où émergeaient d'énormes rochers menaçant à tout instant de continuer leur descente vers la vallée et, çà et là, au fond d'un précipice, une petite forêt de conifères noueux figés par l'hiver, depuis longtemps intouchée par un humain.

Qui sait si le bruit du moteur ne réveilla pas quelque vieux bouquetin solitaire retiré pour la nuit dans l'un de ces bosquets. On peut l'imaginer, redressant sa tête aux puissantes cornes pour regarder la Toyota en contrebas et apercevant à travers le pare-brise les visages faiblement éclairés d'une femme et d'un homme aux yeux rivés sur la tourmente de neige. La science n'a pas encore établi si les bouquetins se font les moindres réflexions sur les agissements des humains ; mais si tel est le cas, nul doute alors que ce bouquetin, en cet instant-là, se disait ceci : à une heure pareille et par un temps pareil, cette femme et cet homme ne devraient pas s'aventurer sur une route de col. Et surtout pas dans le sens de la montée.

— Il est définitivement trop tard pour rebrousser chemin, dit la femme.

— On aurait peut-être encore pu il y a dix minutes, dit l'homme.

— Nous avons dit la même chose il y a dix minutes.

— *Idem* il y a vingt minutes.

— Mais là, il est vraiment trop tard.

— Je ne vois pas comment nous pourrions faire demi-tour ici.

— Quant à descendre en marche arrière, ça ne va pas non plus.

— Alors il ne reste plus qu'à rouler. Le col ne doit plus être bien loin. Encore trois ou quatre tournants, je dirais.

— Je suis vraiment contente d'avoir des essuie-glaces, dit-elle. Toi aussi tu es content d'avoir des essuie-glaces ?

— Oui.

— Quoi ?

— Oui.

— Qu'est-ce que tu dis ?

— Laisse tomber.

— Tu n'es pas content d'avoir des essuie-glaces ? Par une tempête de neige pareille ?

— Écoute, des essuie-glaces, je trouve ça génial, dit-il. Ça te va ? Nous pouvons en rester là ?

Tina et Max formaient un couple qui s'accordait toujours dans les grandes choses de la vie. Ils se chamaillaient sans relâche sur les petites choses, mais sur les grandes choses ils s'entendaient à merveille.

À peine une demi-heure plus tôt, au crépuscule, alors qu'en cette fin d'été ils roulaient sur le bitume noir à travers les prairies de l'Oberland bernois, ils s'étaient querellés avec véhémence à propos du moment où il était raisonnable d'actionner les essuie-glaces d'une automobile. Peu auparavant étaient tombés du ciel gris automnal les premiers flocons de neige, sur quoi Tina avait mis les essuie-glaces en marche tandis que Max rejetait la tête en arrière en soupirant.

— Qu'est-ce qu'il y a ?

— Rien.

— Allez, parle.

— Rien.

— Alors quoi ?

— Les essuie-glaces.

— Qu'est-ce qu'ils ont, les essuie-glaces.

— Trois flocons de neige et tu les mets en marche.

— Et alors ?

— Maintenant le pare-brise est tout barbouillé, on voit moins bien qu'avant.

— Et alors ?

— Avoue qu'on voit moins bien qu'avant.

— S'il se met à neiger, je mets les essuie-glaces en marche. S'il ne neige plus, je les arrête.

— Mais quand même pas pour trois flocons !

— Qu'est-ce qu'il y a de mal à ça, dit-elle. Les essuie-glaces, on les met en marche quand ça commence à tomber, c'est bien pour cette raison que les gars de chez Toyota ont installé ces machins. Je parierais que c'est ce que conseille également la notice d'utilisation.

— Laisse-moi tranquille avec ta notice d'utilisation.

— Elle est dans la boîte à gants. Vas-y, regarde. À la lettre E comme essuie-glace.

— Je ne parle pas des consignes d'utilisation, mais d'une valeur empirique. Du simple bon sens.

— Bien sûr.

— L'expérience m'a enseigné qu'on n'a pas intérêt à enclencher les essuie-glaces si le pare-brise n'est pas vraiment bien mouillé. Comme ça, le caoutchouc, au lieu de frotter, glisse proprement en laissant une vitre parfaitement cristalline.

— D'ac, elle était bonne, celle-là. Tu plaisantes, n'est-ce pas ?

— Comment ça ?

— Dis-moi que tu n'es pas sérieux. Allez, mens, dis-moi que tu plaisantes.

— Mais pas du tout. D'ailleurs, je trouve ça plutôt ringard.

— Quoi ?

— D'utiliser les essuie-glaces à la moindre occasion.

— Nettoyer le pare-brise, tu trouves ça ringard ?

— Cette manière de nettoyer constamment. Cette obsession de la propreté.

— Je comprends. Le problème est là. Tu ne veux pas être pris pour un ringard.

— Je parle des essuie-glaces.

— Les essuie-glaces, tu trouves ça ringard.

— En fait oui, pour être honnête.

— Par principe ?

— Comme les housses de protection sur les fauteuils. Comme les tapis antidérapants dans les cabines de douche. Ou les assurances de frais de voyage. Les souffleurs à feuilles et les nettoyeurs haute pression. Et les casques de vélo.

— Les casques de vélo aussi ?

— Plus ringard tu meurs. À part dans les vélodromes. Ou pour les compétitions de vingt-quatre heures ou sur les têtes des bambins de moins de quatre ans. Je suis content que tu ne portes pas de casque de vélo. Un casque de vélo, c'est un motif de divorce.

— Comme les tapis antidérapants et les housses de protection ?

— À strictement parler, oui. Bien sûr, l'un des devoirs de l'époux est de ne pas toujours être trop pointilleux envers son épouse, mais la tolérance a ses limites, quand même. Par exemple, les étuis de smartphone tricotés main, ça va trop loin, pareil pour les paillassons avec écrit "Bienvenue" devant la porte d'entrée. Cela dit, le côté ringard de ces objets ne réside pas dans leur nature propre mais dans l'usage qu'en fait celui ou celle qui l'utilise.

— Tu veux dire que tu me trouves ringarde ? Parce que j'ai enclenché les essuie-glaces trop tôt ?

— Je veux seulement dire qu'une utilisation prématurée n'est pas efficace.

— Ça me dépasse.

— Quoi ?

— Qu'avec ta nature rebelle, tu te croies obligé de refuser d'utiliser des essuie-glaces.

— Je ne refuse rien du tout, et je ne lui dois rien, à ma nature rebelle, sinon elle ne serait pas rebelle.

— Mais une futilité comme ça justifie quand même toute cette discussion.

— C'est toi qui as commencé.

— Non, c'est toi.

— Non, c'est toi.

— Comme tu voudras. Si on décompose la vie en ses plus petites quantités, elle ne comprend que des broutilles. Ce sont les rapports entre les broutilles qui rendent le tout intéressant.

— Et c'est pour ça que nous devons discuter essuie-glaces ?

— Tu trouves ça idiot ?

— À vrai dire oui. Franchement. Et je trouve ça puéril.

C'est à propos de ce genre de choses que Tina et Max se querellaient tout le temps. À propos de pâtes complètes et de vidéosurveillance, de lave-vaisselle et de l'emploi correct du génitif dans le dialecte de Suisse alémanique ; mais pour les choses importantes de la vie – les choses qui importaient vraiment –, ils avaient toujours été d'accord.

Cela avait commencé vingt-six ans plus tôt, par un brûlant après-midi d'été, lorsqu'ils s'étaient croisés chez un glacier dans le centre-ville de Bâle. Il l'avait laissée passer avant lui, après quoi elle avait attendu dehors avec sa glace framboise-pistache qu'il ressorte avec sa glace noisette-vanille, et ils étaient allés se promener au bord du Rhin comme s'ils s'étaient donné rendez-vous bien avant, comme s'ils formaient déjà le couple d'amoureux qu'ils étaient probablement devenus à la seconde où leurs yeux s'étaient rencontrés chez le marchand de glaces. Cette promenade avait été le théâtre de leurs premières disputes, à propos des sandales Birkenstock, de l'usage féministe de la langue et de la justification éthique de voyages touristiques dans des pays sous dictature militaire, et ils s'étaient séparés en se donnant rendez-vous pour déjeuner ensemble le lendemain. Ensuite, ils avaient pris un appartement ensemble et, sans planification explicite, d'un commun accord, ils avaient engendré une kyrielle d'enfants à intervalles irréguliers, et aujourd'hui, après avoir déposé le benjamin dans une école hôtelière de l'Oberland bernois et s'être promenés l'après-midi autour du lac Noir avant de dîner dans une auberge de village d'une choucroute au lard avec haricots secs et pommes de terre, ils s'étaient brièvement concertés sur le parking de l'auberge et avaient décidé de regagner la plaine non pas par l'ennuyeuse voie rapide qui passe par Thoune et Berne, mais par le raccourci aux paysages variés qui passe par le col de Bellegarde et redescend vers la Gruyère ; et ce bien que les prévisions météorologiques aient annoncé de fortes chutes de neige et que la route du col soit fermée pendant la nuit.

Dans la vallée de la Simme, comme on l'a dit, les prairies étaient encore d'un vert estival et ils avaient roulé sur la route noire montant tout droit dans la vallée. Mais lorsqu'arrivés à Boltingen ils avaient tourné pour prendre la route du col qui montait en larges boucles jusqu'à mille mètres plus haut, il s'était mis à neiger. Puis, une fois passé les premiers virages en épingle à cheveux, les prairies étaient devenues blanches et, sous les pneus, la gadoue avait commencé à faire un bruit de ventouses, et puis la route avait disparu sous une couche de neige épaississant à vue d'œil.

— Nous n'aurions pas dû ignorer le barrage, lança Max. Il n'y a que les touristes pour faire des choses aussi bêtes.

Tina acquiesça de la tête.

— Que les imbéciles les plus arrogants parmi les touristes.

— Et maintenant, voilà que nous continuons à rouler. Comme les derniers des idiots. Tout droit à notre perte.

— D'un autre côté, on ne peut pas non plus passer sa vie à respecter toutes les consignes, rétorqua Tina. Il faut bien ignorer un barrage de temps en temps si on veut s'amuser un peu.

— Mais c'est quand même idiot. Les gens de l'Office de la circulation routière ne barrent pas les routes pour s'amuser.

Tina avait les yeux rivés sur la route par-dessus le volant.

— Je crois que nous sommes presque arrivés en haut.

Effectivement, la Corolla parcourut encore péniblement deux ou trois lacets puis, arrivée à un plat, passa devant quelques maisons en bois se détachant, noires, dans les bourrasques neigeuses, après quoi une plaque bleue sur le bord de la route annonça, dans la lumière des phares, le col de Bellegarde, mille cinq cent huit mètres au-dessus du niveau de la mer. Ensuite, la route redescendit de manière perceptible.

Mais, sur le versant ouest du col, les tourbillons de neige étaient encore plus denses et la couche de neige deux fois plus épaisse, le vent ayant porté depuis l'Atlantique les nuages de neige, qui s'étaient accumulés contre le flanc ouest de l'arc alpin.

— Il faut aussi voir le côté positif de la chose, dit Max. Nous sommes probablement la dernière génération dans l'histoire de l'humanité qui ait encore la liberté de commettre ce genre de bêtises. Nos enfants se déplaceront dans des voitures autonomes équipées de dispositifs qui leur permettront d'enclencher automatiquement le freinage complet et d'effectuer un virage de cent quatre-vingts degrés si le conducteur est assez bête pour vouloir emprunter, en hiver et par une tempête de neige, une route de col barrée.

La Toyota glissait lentement en direction de la vallée. Il ne fallait plus songer à faire demi-tour pour retourner au col, contre la gravitation et dans une neige de plus en plus épaisse. Plusieurs fois, l'arrière de la voiture dérapa et Tina appuya sur l'accélérateur en contre-braquant pour la redresser.

— C'est quand même un peu dangereux, ce que nous sommes en train de faire.

— Sacrément dangereux, dit-il.

— Nous serons peut-être bientôt morts.

— C'est une bonne chose que nos enfants ne soient plus tout petits.

Au virage suivant, comme pour leur donner raison, la voiture glissa doucement, presque délicatement, hors de la chaussée avant de s'immobiliser, roues bloquées, moteur calé, dans le fossé côté montagne. Les essuie-glaces continuèrent de bouger avec un bruit de voiles qui battent au vent.

— Ben voilà, dit Tina.

Sans grande conviction, elle débraya et tourna la clé de contact, puis appuya sur l'accélérateur en relâchant lentement la pédale d'embrayage – les roues patinaient dans la neige, sans rencontrer de résistance. Tina éteignit le moteur. Le silence se fit dans l'habitacle. On n'entendait plus que la soufflerie du chauffage de bord et le battement des essuie-glaces.

— Ma foi, dit Max.

À partir de cet instant, toute résistance était inutile, Tina et Max étaient d'accord sur ce point. Pour dégager le véhicule, ils auraient dû creuser autour des roues avant et glisser dessous un support antidérapant, et à supposer qu'ils y soient parvenus – avec on ne sait trop quelle pelle –, et même si, à force de pousser de tous les côtés, ils avaient pu remettre le véhicule sur la chaussée, le prochain virage en épingle à cheveux les attendait à quelques dizaines de mètres, puis un autre, et encore un autre. Et il y avait fort à craindre que plusieurs de ces virages ne soient pas côté montagne, mais longent versants et précipices.

— Je n'ai pas de réseau sur mon portable, dit Tina.

— Sur le mien non plus. Mais au moins, les essuie-glaces fonctionnent encore.

— Très drôle, rétorqua Tina.

Elle arrêta les essuie-glaces et le chauffage et éteignit les phares. En l'espace de quelques secondes, un duvet blanc se forma sur le pare-brise.

— Je ne comprends vraiment pas pourquoi tu arrêtes les essuie-glaces, dit Max, il n'a pas cessé de neiger.

— Oh, ça va.

— Au moins, dans la série des sottises typiques des touristes, nous pourrions essayer de ne pas commettre la suivante : Nous pourrions éviter de quitter le véhicule pour tenter la descente dans la vallée à pied.

— Bonne idée. Comme ça, nous ne serons pas morts d'ici une heure.

— Mais les maisons du col sont plus près, nous pourrions les atteindre. Il y a une auberge.

— Tu as vu de la lumière ?
— Je ne crois pas.
— Donc ce serait gaspiller ses forces inutilement. Ou bien est-ce que tu veux y entrer par effraction ? Atteinte aux biens et vol de nourriture ?
— Ce serait répréhensible.
— Pas le vol de nourriture.
— Si.
— Restons ici, je dirais, et attendons jusqu'au passage du chasse-neige.
— Ça peut durer la nuit entière. Ça *va* durer la nuit entière. Jusqu'à demain matin.
— Si tant est qu'il vienne un chasse-neige.
— Ça oui, il viendra. Le col n'est pas fermé pour l'hiver.
— Quelle heure est-il ?
— Vingt heures quarante-six.

Tel un petit chalet d'alpage, la Corolla était arrimée sur le bord de la chaussée. Tant que Tina et Max restaient à l'intérieur, portières fermées, aucun danger ne menaçait. Même s'il continuait à neiger pendant des heures et que la voiture devait se retrouver totalement recouverte, elle serait comme un petit igloo tout chaud à l'abri du vent. Sur le tableau de bord, le thermomètre indiquait une température extérieure de moins un degré Celsius, et douze à l'intérieur ; ce n'était pas agréable, mais pas mortellement dangereux non plus. Et avec le vent d'ouest, la température ne chuterait guère plus pendant la nuit. Il y avait dans le coffre une nappe de pique-nique dont Max et Tina pouvaient se couvrir, et comme ils étaient deux, ils pouvaient se tenir chaud. Ils n'avaient pas de provisions, mis à part un sachet entamé de bonbons à la menthe, mais leurs estomacs étaient repus de lard et de pommes de terre ; ils n'auraient de toutes les façons pas mangé grand-chose ce soir-là.

— La nuit promet d'être longue, dit Max. Je propose que nous fassions un petit somme.

— Si tu veux que je dorme dans une situation pareille, il faudra que tu m'assommes.

— Je peux. Mais je craindrais de t'abîmer.

— Autrefois, la police française tabassait volontiers les gardés à vue avec des annuaires téléphoniques. Ça ne laissait pas de traces.

— Je ne crois pas que nous ayons un annuaire sous la main.

— Si nous en avions un, tu ne serais pas obligé de m'assommer avec. Il suffirait que tu me fasses la lecture jusqu'à ce que je m'endorme.

— Je commencerais page un et je te lirais l'alphabet entier. Tous les noms, toutes les adresses, tous les numéros de téléphone.

— Jusqu'à ce que je m'endorme.

— Et après, je continuerais à lire, pour que tu ne te réveilles pas tout d'un coup. Je ferais la lecture toute la nuit en psalmodiant comme un muezzin, et toutes les demi-heures, tu émergerais tout doucement du sommeil, tu m'écouterais un moment en t'étonnant de tous ces noms et de tous ces gens qu'il y a sur cette terre. Et puis tu glisserais de nouveau vers le monde de la nuit.

— Ce serait bien. On devrait toujours avoir un annuaire dans sa voiture.

— C'est sûrement indiqué dans le manuel d'utilisation de la Toyota. Tu veux que je regarde pour toi ? À la lettre A comme annuaire ?

— Bon, ça suffit.

— À la réflexion, je n'ai pas besoin d'annuaire. Je peux te lire le manuel de la Toyota. Attends une seconde, je l'attrape.

— Tu vas arrêter, maintenant ? Il n'y a pas de manuel dans la boîte à gants.

— Ah bon ? Mais tu disais…

— Je disais ça comme ça. Toyota n'imprime plus de manuels d'utilisation. Ils ont un site internet.

— Je comprends. Avons-nous quelque chose d'autre que je puisse te lire ? Un vieux journal ? Une notice de médicament ? Un guide de voyage ?

— Je ne crois pas.

— Alors je vais te raconter quelque chose. Je te raconte une histoire ? Une histoire de cette région ?

— Une histoire vraie ?

— Évidemment, une histoire vraie, qu'est-ce que tu crois. Pourquoi est-ce que je te raconterais une histoire qui n'est pas vraie.

— Bon, d'accord.

— Je me demande bien comment je m'y prendrais pour te raconter une histoire qui ne soit pas vraie. Je ne peux pas créer une histoire de toutes pièces, simplement comme ça, je ne suis pas prestidigitateur.

— Je sais.

— Cela dit, ce n'est pas si important que ça, qu'une histoire soit vraie ou non. L'important, c'est qu'elle soit juste.

— Alors, tu me la racontes, cette histoire ?

— Mais dans le cas présent, il est important qu'elle soit vraie. Cette histoire s'est vraiment passée comme ça, je le jure. Sinon, je ne pourrais pas te la raconter.

— Pourquoi donc ?

— Tu verras.

— Bon, tu commences ?

— D'accord, écoute. Tu vois cette cabane de fromager là-haut, sur le versant opposé ?

— Où ?

— Là, en face. Sur la pente.

— Tout ce que je vois, c'est une tempête de neige.

— Au pied de la paroi. La cabane de fromager.

— Il y a une tempête de neige. Et il fait nuit noire.

— Juste là. Sur le versant.

— Je ne vois rien du tout. Et je parierais que toi non plus tu ne vois rien.

— Je vois tout. Je le connais, ce coin.

— Mais bien sûr.

— Je suis né ici, j'ai grandi ici. Je connais tout le monde.

— D'accord, d'accord. Supposons donc qu'il y a une cabane de fromager là-bas. Je dois me la représenter comment ?

— Une cabane en rondins, accrochée à la pente, à l'abri du rocher. Juste là, au pied de la paroi rocheuse. Tu ne la vois vraiment pas ?

— De quelle couleur ?

— Grise. En bois de mélèze, dignement devenu gris au fil des siècles. Et couverte d'un toit en bardeaux maintenu par des pierres, avec une base en quadrilatère, un peu trapézoïdale, en pierres sèches grises, d'environ quatre mètres de côté. La porte d'entrée, en bois, est tout à gauche, côté vallée, grise elle aussi.

— Des fenêtres ?

— Une à côté de la porte, et une petite lucarne au pignon.

— Et à l'intérieur ?

— Un foyer ouvert avec une marmite en cuivre, quelques ustensiles, récipients et passoires pour la fabrication du fromage. À côté, une étagère où s'affinent les meules. Dans le coin, la couche, une paillasse.

— Une paillasse ?

— Un sac en toile de jute rempli de paille, et dessus, une grossière couverture de laine. Et une table en bois brut avec deux chaises et, au-dessus du plateau, une lampe à huile. Tout ça est plutôt noir, la suie de plusieurs siècles.

— Qui est-ce qui dort sur cette paillasse ?

— Un jeune homme, encore presque un garçon. Cheveux frisés noirs, yeux gris clair, des ombres sur les joues ; il se rase une fois par semaine. Avec son canif. Une lame diaboliquement affûtée. Il l'aiguise tous les jours sur une pierre.

— Pas mal. C'est un ami à toi ?

— Ses épaules sont musclées comme celles d'un lutteur et ses hanches aussi étroites que celles d'un lynx. Et il est agile comme un chamois.

— Allons, n'en rajoute pas.

— Comme un chamois, je te dis. Et même encore plus agile. Il chasse le chamois, tu sais.

— Ton ami est chasseur ? Alors raconte-moi une autre histoire. Je n'aime pas les chasseurs.

— Celui-là, tu l'aimeras. Il ne chasse pas pour tuer mais pour se nourrir.

— Je vois.

— Et sais-tu comment il s'y prend ? Il court après les chamois. Quand il en voit quelques-uns sur la pente, il va prendre son fusil dans le chalet, un mousquet français antédiluvien, avec platine à silex, d'ailleurs, et il les poursuit. Les chamois s'enfuient vers le haut de la montagne. Ils fuient toujours dans cette direction, c'est leur instinct qui le leur dicte. Pour les chamois, le danger vient toujours d'en bas, des dizaines de milliers d'années d'expériences cruelles le leur ont enseigné, depuis la fin de la dernière ère glaciaire ; le tigre à dents de sabre, l'ours brun, le loup, le lynx, l'homme – les prédateurs venaient toujours des forêts, de la vallée. Voilà pourquoi les chamois s'enfuient toujours vers le haut, en direction des sommets. Ils y trouvent le repos, la paix et la sécurité.

— Et les oiseaux de proie ?

— Bon d'accord, eux, ils viennent d'en haut. Il arrive qu'un gypaète barbu ou un aigle royal descende en piqué et s'envole avec un cabri. Mais pour le reste, tous les dangers viennent de la vallée.

— Et les chutes de pierres ?

— On ne peut rien contre les chutes de pierres.

— Ah bon ?

— Les chutes de pierres, c'est inévitable. À long terme, toutes les montagnes s'effondrent dans la vallée, c'est une donnée géologique dont les montagnards sont conscients à tout instant. Tout ce qui est en haut doit arriver en bas, tôt ou tard toute topographie finit dans la plaine. Si tu as la poisse, tu te prends une pierre sur la tête, sinon, alors non. Ça ne vaut pas la peine d'y réfléchir. Tu ne peux rien y faire.

— Mais il y a des endroits protégés.

— Les endroits protégés n'offrent pas assez à manger. Si tu es un chamois, tu ne peux pas passer ta vie entière dans des endroits protégés. C'est pour ça que les chamois ne se préoccupent pas des chutes de pierres.

— Et les avalanches ?

— Bon, est-ce que je peux continuer mon histoire ? Ou bien préfères-tu faire toi-même un exposé sur les avalanches ?

— Excuse-moi.

— Les chamois s'enfuient vers le haut, donc, et ils sont évidemment bien plus rapides que le jeune homme au mousquet. S'ils tenaient ce rythme rien que cinq ou dix minutes, le garçon perdrait leur trace et les chamois seraient en sécurité.

— Et ton histoire serait finie.

— Ça non, mais les chamois seraient en sécurité. Sauf qu'elles ne le font pas, ces bêtes simples d'esprit, au lieu de continuer leur course elles s'arrêtent derrière le prochain rocher et guettent si le garçon arrive, un peu hors d'haleine. Et quand il approche, elles trottinent un peu plus haut, font une nouvelle halte derrière le rocher suivant et tendent le cou pour voir, comme si elles jouaient aux gendarmes et au voleur.

— Elles sont vraiment bêtes.

— Ce qui dicte cette attitude aux chamois, c'est l'arrogance de ce qui, par nature, est réfléchi ; ils ne peuvent pas faire autrement. C'est leur instinct qui leur ordonne de ne jamais courir plus loin ni plus vite qu'il n'est absolument nécessaire, car ils doivent ménager leurs forces. C'est une question de survie, tu comprends, les chamois dépensent chaque jour des heures pour une tâche sacrément difficile, à savoir se procurer suffisamment d'énergie pour leurs muscles en mangeant le peu de verdure qui pousse là-haut. Il faut donc qu'ils ne brûlent pas plus de calories qu'il n'est absolument nécessaire, et voilà pourquoi, en cas de danger, ils ne se mettent pas à courir, paniqués, jusqu'à l'épuisement, mais trottinent jusqu'au prochain abri.

— Max ? Est-ce que c'est fondé d'un point de vue zoologique, ce que tu me racontes là ?

— Le nom scientifique du chamois est *Rupicapra rupicapra*, c'est-y pas mignon ? Sur ces terrains, ces bêtes sont des sprinters imbattables, elles tiennent le garçon facilement à distance. Mais lui, en marathonien, il sait qu'il a le temps avec lui ; à la condition qu'il ne perde pas leur trace, les chamois, sur une longue distance, n'ont aucune chance face à lui. Tôt ou tard, le plus faible du groupe des chamois, exténué, abandonnera la course, et le garçon rapportera son trophée chez lui, trente à quarante kilos de nourriture riche en protéines. Il suffit qu'il tienne bon. Bref, notre garçon court derrière les chamois, il court, il grimpe pieds nus sur les éboulis et dévale les prairies de montagne…

— Pieds nus ?

— L'été il marche pieds nus, l'hiver il porte des bottes en chamois et des raquettes qu'il fabrique en bois de cèdre avec les lanières de cuir. Ainsi chaussé, il franchit les gorges les plus profondes et sautille sur les crêtes les plus étroites, courant toujours derrière les chamois, il glisse sur les champs de neige et escalade en direction du ciel des parois rocheuses crevassées jusqu'à ce que le troupeau ralentisse peu à peu, fasse des pauses de plus en plus fréquentes et le laisse s'approcher toujours un peu plus ; ça ne dure alors plus bien longtemps jusqu'à ce que le chamois le plus faible, épuisé, s'arrête, et le garçon, arrivé à bonne distance de tir, met en joue, avec la sensibilité impitoyable du chasseur pour lequel le caractère inéluctable de la mort n'est pas un scandale, mais un fait. Une fois qu'il a appuyé, le tir retentit comme un tonnerre de théâtre entre les flancs des montagnes, le tonnerre se fracasse, se multiplie puis faiblit, et tandis que les chocards à bec jaune s'envolent d'un coup d'aile, noirs dans le ciel, les pierres dégringolent vers la vallée sous les sabots des chamois qui s'enfuient. Alors, le silence s'étend sur l'animal mort, et tandis que ses pattes arrière tressaillent dans la dernière émanation d'une vie qui s'éteint, le jeune homme s'approche déjà, couteau à la main. Il saigne sa proie et la vide de ses entrailles, puis il la charge sur ses épaules et refait tout le chemin en sens inverse jusqu'à la cabane de fromager, ce qui lui prend parfois des heures. Arrivé là, il la dépèce et découpe la chair des muscles en bandes qu'il met à fumer au-dessus de l'âtre.

— Il n'a pas de congélateur ? Il n'y a pas le courant dans la cabane ?

— Il vit dans un passé reculé, tu devrais t'en être aperçue.

— Je me disais bien.

— Nous sommes en l'an 1779. Le jeune homme a vingt-deux ans et s'appelle Jakob Boschung. Il mangera la chair du chamois, de ses cornes il taillera des boutons, de sa peau il fera du cuir, et avec ses tendons il coudra le cuir, durant les longues nuits d'hiver, pour en faire des pantalons, des gants et des bottes.

— Il a vraiment existé, ce garçon ?

— Si je te le dis.

— Pourquoi vit-il tout seul là-haut ?

— Ah ! C'est une histoire affreuse et barbante, que je ne vais pas te raconter. Tu vois ça, les parents sont des paysans de montagne vivant misérablement dans un coin d'une vallée écartée que le soleil n'atteint jamais, et ainsi de suite. Au fait, nous nous trouvons ici exactement sur la frontière linguistique, les gens parlent un patois alémanique à l'est du col et un patois français du côté ouest. Un hiver, les trois autres enfants de la famille succombent à la grippe et, comme le sol est gelé, leur père doit les ensevelir dans la neige en attendant le printemps. C'est ensuite la mère qui meurt, et le père doit l'ensevelir dans la neige auprès des enfants. Et puis le père meurt à son tour. Jakob doit l'ensevelir dans la neige près de sa mère et des autres enfants. Cent jours et cent nuits durant, il reste seul dans la maison. Il attend le printemps puis, à un endroit ensoleillé où le sol se dégèle plus vite qu'ailleurs, il creuse cinq fosses, sort de la neige enfants et parents encore tout gelés et les dépose dans les tombes. Après ça, il doit déménager pour aller vivre chez un oncle sans enfants, dans une autre petite vallée. Celui-là est un sadique muni d'une ceinture de cuir et pourvu d'une femme qui file doux depuis longtemps ; quant aux villageois, ils se taisent et détournent les yeux parce que, le dimanche après la messe, l'oncle joue aux cartes avec le curé et le bailli à l'auberge du village.

— Toujours la même histoire.

— Sauf que le petit Jakob ne se soumet pas. Un beau jour de printemps, alors qu'une fois de plus il a le dos strié de coups, il s'enfuit et regagne la cabane de fromager, qui lui reste en héritage de ses parents, et il n'en redescend plus. Au village, on se dit que Jakob finira bien par avoir faim et qu'il reviendra, mais non, il ne redescend pas. Il ne souffre pas de la faim, car la cabane est encore pleine de provisions faites par son père l'année précédente. Quelques villageois montent à la cabane pour l'attraper et le reconduire au village. Mais Jakob les aperçoit à temps et, comme les chamois, il s'enfuit vers les sommets.

Et puis, par chance, au bout de quelques jours – probablement le mardi de Pâques –, quatre garçons de ferme montent du bas pays gruérien et, comme à l'habitude pour l'alpée, veulent lui confier un troupeau de vaches pour l'estive. Que Boschung, le paysan, soit mort quelques mois auparavant, ils ne peuvent pas le savoir. Jakob ne veut pas non plus le leur expliquer par le menu, il se présente à eux comme l'aîné des enfants, ce qui est la vérité. Les valets, satisfaits de l'information, lui laissent les vaches et regagnent leur basse contrée.

Le troupeau compte trente et une vaches laitières et dix-neuf veaux. Cet été-là, Jakob ne manque donc ni de lait ni de crème et il ne chôme pas non plus. Il a appris de son père comment transformer le lait en beurre et en fromage, et sa mère lui a montré comment préparer des conserves de framboises sauvages, de mûres et de sureau pour l'hiver. La nuit, il descend dans la vallée et chaparde quelques pommes de terre sur des champs isolés ; jamais plus que quelques plantes arrachées au milieu du champ, et le larcin passe inaperçu. À l'automne, les valets viennent reprendre les vaches pour la désalpe. Et puis, un matin, Jakob découvre dans le creux d'une poutre de sa cabane le mousquet français soigneusement enveloppé dans de la toile cirée, probablement caché là par quelque ancêtre braconnier ; il y a là aussi un sac de poudre et une poche remplie de balles de plomb et de pastilles. Il se familiarise avec son fonctionnement, exécute quelques exercices de tir et abat bientôt son premier chamois. C'est ainsi que l'hiver nourrit assez bien son homme, et quand le printemps revient, que la neige fond… Tu dors déjà ?

— Non.

— Jakob vit seul sur son alpage. L'été, il est auprès de ses vaches, qu'il trait matin et soir, et il fait du fromage avec leur lait. Il les conduit jusqu'aux pâturages les plus gras où il place un bloc de sel à lécher et, pour les protéger des taons, il fait un feu couvert avec du foin humide. Si un loup ou un ours s'approche du troupeau, il le chasse avec un bâton, et si un veau s'égare parmi les rochers, il le porte sur ses bras puissants et le reconduit au pâturage. Si une vache gonfle après avoir mangé une herbe qu'elle n'aurait pas dû brouter, Jakob lui donne un coup de couteau dans le flanc, la vache, confiante, se laisse faire et, une fois soulagée, lui lèche la main de sa langue râpeuse.

La nuit, la solitude le prend aux tripes, ainsi que la crainte qu'une bête sauvage ne s'approche dans l'obscurité. Parfois, au loin, gémit un glacier dont la masse de glace glisse sur la roche ; cela sonne comme les pleurs d'un enfant, puis comme une vieillarde qui se lamente, et Jakob en est saisi jusqu'à la moelle. Ces nuits-là, Jakob cherche protection et réconfort auprès du ventre chaud des vaches, il s'allonge entre elles, il leur chante une chanson, et les vaches l'accueillent comme un de leurs veaux et font attention à ne pas l'écraser dans leur sommeil. Il règne alors un silence total, rien que la respiration des vaches et le cœur de Jakob qui bat. Il reste éveillé de longues heures dans la sombre beauté de la nuit, les yeux tournés vers le ciel noir, observant le mécanisme silencieux des constellations, qui semble aussi régulier que celui d'une horloge et qui est pourtant si mystérieux, puis il se console en espérant que lui aussi, même s'il ne saisit pas quelle est sa place dans ce mécanisme, est un petit élément participant au fonctionnement de cette immense horloge.

Voilà sept ans que Jakob vit là-haut, ne rencontrant âme qui vive pendant quelque trois cents jours par an. Il ne sait plus très bien parler, il ne dispose plus que de quelques dizaines de mots en français et en allemand. Au village, on ne l'a pas oublié, mais on le laisse tranquille. On le considère comme un original, un ermite, un enfant sauvage. Pas bon à grand-chose, mais qui ne fait pas de mal.

Parfois, au pied de la roche calcaire qui s'élève à pic derrière sa cabane, il tombe sur des empreintes en pierre d'êtres vivants – escargots géants, poissons aplatis, crabes fer à cheval, hippocampes, et des bancs entiers de coquillages. Les plus belles d'entre elles, il les met dans sa poche et, le soir, dans sa cabane, se creuse la tête en se demandant de quelle nature sont ces êtres de pierre. Apparemment, ils sont morts, et en pierre, et même si on les casse et les broie, on n'obtient que de la pierre et du sable. Ils doivent pourtant bien être des créatures de Dieu, vivantes ou ayant vécu, car une beauté si parfaite n'a pas pu naître seule et ne peut être l'œuvre d'une main humaine. Mais pourquoi Jakob ne trouve-t-il dans ce désert de pierre rien que des animaux aquatiques ? Pourquoi toujours des crabes, poissons et escargots alors qu'à la ronde il ne coule aucun cours d'eau digne de ce nom ? Ces êtres de pierre ne seraient-ils donc pas issus de l'eau, mais seulement de la roche ? Et la montagne ne serait-elle en vérité pas faite d'une matière solide, mais d'une eau extrêmement épaisse qui se présente comme figée à la perception humaine seulement parce qu'elle s'écoule si lentement ? Ce serait bien possible car, où que Jakob porte son regard vers le dedans des montagnes – défilés, parois rocheuses, crevasses, éboulis –, il semble évident que la montagne est constituée de vagues. La pierre ne serait-elle donc qu'une eau s'écoulant à une inconcevable lenteur, où des bêtes de pierre, dures, denses, vivent leurs vies de pierres, des vies dures, denses, lentes et longues, jusqu'à ce qu'elles meurent et que le rocher les crache avec une insaisissable lenteur vers les éboulis au pied de la paroi ?

Jakob Boschung a bel et bien renoncé à vouloir comprendre ces êtres de pierre en les broyant, les brûlant, les faisant bouillir dans l'eau, les écrasant et les goûtant du bout de sa langue. Leur énigme ne se dévoile pas, mais, au moins, ils ne mordent, ne piquent ni ne pincent, et ils ne semblent pas toxiques non plus. Et Jakob fait la paix avec eux. Il prend ces êtres de pierre pour ce qu'ils sont, leur existence s'explique par leur seule présence, c'est tout.

Les plus beaux exemplaires – petits escargots de mer, crabes, hippocampes –, il les emporte dans sa cabane où, durant les longues nuits d'hiver, muni de son couteau, il les dégage de leur lit de pierre et les polit jusqu'à les rendre brillants.

Tu es encore réveillée ?

— Oui.

— Bien. C'est que je vais commencer mon histoire. Elle débute par une après-midi dorée de septembre 1779. Jakob s'est allongé dans l'herbe, tout en haut des pâturages, près des parois de roche, et il se réchauffe au soleil. Le vent vient encore du sud-ouest, mais bientôt il tournera nord-est et la première neige tombera. Les vaches sont dodues, bien nourries après un long été sur les alpages, et elles sont étrillées et leurs cornes sont décorées de fleurs.

Jakob se redresse et tend l'oreille – au loin, des pierres roulent vers la vallée ; des pierres foulées par des bottes. Puis il entend des pas, les pas de trois ou quatre hommes. Et des mules qui trottent. Puis des voix. Des paysans qui marmonnent avec un accent traînant. En français. Et puis il aperçoit les hommes et les mules. Et bientôt, il les flaire.

Ce sont les valets gruériens qui viennent chercher les vaches et emporter le fromage. Ils connaissent Jakob et savent qu'on ne peut pas s'entretenir avec lui. De loin, ils lui font des signes, ils sourient, ils inclinent la tête, puis, l'air paternel, ils lui donnent une tape sur l'épaule et lui demandent comment il va. En guise de réponse, Jakob, sans un mot, désigne fièrement les vaches qui de leurs beaux yeux lancent un regard interrogateur en direction des hommes, puis il laisse les valets où ils sont, s'approche de la vache-maîtresse, lui caresse le museau et lui grogne quelque chose dans l'oreille, après quoi le troupeau entier s'ébranle et trottine derrière Jakob jusqu'à la barrière qui sépare l'alpage du sentier muletier.

Une fois là, les vaches attendent patiemment que les valets aient chargé les meules de fromage sur les mules. Jakob verrouille la cabane, ouvre l'enclos et, devançant la vache-maîtresse, se met en route sur l'étroit sentier muletier qui borde la vallée sur toute sa longueur et descend jusqu'à Gruyères. Une fois que la vache-maîtresse a passé la barrière et marche sur le sentier, il ne peut plus y avoir de difficulté jusqu'à la destination, car le sentier est étroit, ne bifurque jamais et va dans une seule direction : il descend le long de la vallée jusqu'à la plaine. Tant que la vache-maîtresse avance, toutes les autres vaches trottent derrière elle, leurs gros crânes durs habités par cette seule pensée : suivre la vache-maîtresse, où qu'elle aille et aussi longtemps que cela puisse durer.

La descente par ce sentier muletier longeant le torrent de la Jogne dure deux jours. En bas, dans la vallée, les prairies sont encore vertes et grasses, le soleil est brûlant, comme si l'été devait être encore long. Mais Jakob n'est pas dupe, il sait ce qu'il en est, tout comme les scarabées, les grenouilles et les ours bruns. Les jours ont raccourci, aux arbres le feuillage s'est terni, les oiseaux migrateurs volent vers le sud. Même l'eau du torrent a un cours hésitant, elle sait déjà que bientôt tout gèlera, dirait-on.

— Attends, dit Tina. Jakob accompagne les vaches jusque dans la vallée ?

— Oui.

— Pourquoi donc ?

— C'est sa mission. Les vaches ont confiance en lui. Chaque automne, il reconduit les vaches dans la vallée, depuis sept ans déjà.

— Jusqu'à la ferme du fermier ?

— Bien sûr. Le fermier doit remettre son salaire à Jakob.

— Alors laisse-moi deviner : le fermier a une fille.

— Bien sûr qu'il a une fille.

— C'est ce que je craignais.

— Tous les fermiers ont des filles. Les familles de fermiers sont généralement très nombreuses, il y a forcément des filles.

— Je parierais que la fille joue de la harpe et a des nattes blondes.

— Ça non, que je sache.

— Mais sa voix est de lait et de miel. Et elle est belle comme une fleur, n'est-ce pas ?

— La fille a dix-neuf ans. À cet âge, tout le monde est joli à regarder. Pour ne pas l'être à dix-neuf ans, il faudrait vraiment se forcer.

— Et comment s'appelle-t-elle ?

— Marie-Françoise.

— N'en rajoute pas !

— Que veux-tu que je fasse, c'est son nom, voilà tout. C'est un fait historique. Les gens l'appellent Marie.

— Et que fait-elle ?

— Comment ça : que fait-elle ?

— Que fait Marie quand Jakob arrive à la ferme avec ses vaches ?

— Aucune idée. Elle est à sa fenêtre et elle regarde, je suppose.

— Je vois. Ton héros est un tarzan des Alpes, mais l'héroïne est une donzelle de dix-neuf ans qui regarde par la fenêtre et ne fait rien. Et sur l'appui de la fenêtre, les géraniums sont en fleur, je parie.

— Mais si, elle fait quelque chose. Elle travaille toute la journée à la ferme, et elle fait encore plein d'autres choses. Tu verras.

— En tout cas, quand débarque le tarzan des Alpes, elle ne fait que regarder par la fenêtre.

— Mais oui, elle a juste fait une petite pause. D'ailleurs, à cet instant, Jakob lui aussi se contente d'être dans la cour de ferme. Il est planté là, les yeux levés vers la fenêtre. Dans des moments pareils, rares sont les gens qui commettent en passant des actes héroïques qui bouleversent le monde.

— Toi, par exemple, tu as acheté une glace.

— Toi aussi. En tout cas, ces deux-là sont simplement là, elle à la fenêtre et lui dans la cour. C'est justement ça qui est frappant : vu de l'extérieur, il ne se passe rien de spécial. Qu'elle soit à la fenêtre ou ailleurs, ça n'a vraiment pas d'importance.

— Si, c'est important. Alors la jeune fille se contente d'être à sa fenêtre, sans rien faire que tortiller ses nattes blondes, tandis que lui, il hypnotise la vache-maîtresse et se bat à mains nues avec des ours bruns ?

— Qui a dit qu'elle était blonde ?

— Toi.

— Je n'ai pas dit ça, répond Max. Les nattes blondes viennent de toi. C'est un fantasme sexiste à toi.

— Qu'est-ce que des nattes blondes ont de sexiste ?

— En tout cas, on ignore la couleur des cheveux de Marie. Aucune source ne la mentionne.

— Mais sur ton tarzan, en revanche, on sait tout. Yeux gris, cheveux foncés, taille.

— C'est parce qu'il s'est fait enrôler à l'armée. On trouve les caractéristiques physiques de Jakob dans les registres militaires conservés aux Archives nationales du canton de Fribourg.

— Et Marie ?

— Elle n'a jamais été sous les drapeaux. D'ailleurs, ce n'est pas vrai du tout qu'elle ne fait rien. C'est une fille de fermier et elle est occupée du matin au soir. Si tu préfères que, la première fois qu'elle apparaît, elle soit au jardin à cueillir les tomates, c'est possible. D'un geste agile et sûr, elle saisit les tomates sur le plant, une à une, elle les essuie d'un coup de chiffon humide pour les faire briller et les place délicatement dans un cageot, et dans le même temps elle jette un œil à ses petits frères et sœurs, avec leurs faces aplaties et leurs crânes hérissés de cheveux en brosse, qui, l'air maussade, jouent à des jeux pas drôles entre les plates-bandes et n'ont pas la moindre ressemblance avec leur grande sœur.

Près de Marie se tient un chien, vigilant. Elle lui flatte le flanc tendrement, puis adresse un rapide salut de la main à Jakob. Il la salue lui aussi. Voilà sept ans que Marie et Jakob se saluent ainsi de loin. Jamais encore ils ne se sont vus de plus près, le fermier n'y a pas consenti. Il a toujours chassé Jakob après lui avoir remis son salaire, de même qu'il avait toujours chassé le père de Jakob. Le fermier n'a rien contre les armaillis, ces crève-la-faim qui savent vraiment s'y prendre avec les vaches. Mais qu'ils ne s'avisent pas de prendre racine dans sa ferme, ça ne mène à rien.

Derrière Jakob, les vaches commencent à renâcler. Elles veulent savoir si le voyage reprendra bientôt. La vache-maîtresse frotte la tête contre son épaule. Il lui chuchote quelque chose à l'oreille et elle se couche, et après elle toutes les autres vaches se couchent aussi. Marie observe tout cela depuis le potager. Jamais elle n'a rien vu de tel. L'automne précédent, Jakob n'avait pas exécuté de tour pareil. Le chien regarde lui aussi, les oreilles dressées, intéressé.

— Comment est-il, ce chien ?

— Hein ?

— Je voudrais bien pouvoir me le représenter, ce chien.

— Un bouvier bernois hirsute, d'à peu près quatre ans. Tête large, pelage noir, brun et blanc. Doux, aimant les enfants. Il lui manque une molaire en haut à gauche. Je serai content quand tu te seras endormie, je pourrai raconter comme je veux.

— Et puis ?

— Le chien est le meilleur ami de Marie et aussi son protecteur, il est sans arrêt sur ses talons. Quand, par les nuits claires de pleine lune, il hurle dehors comme un loup, elle le rentre et le prend dans son lit. Le chien observe attentivement le jeune gars avec ses vaches, en levant parfois la tête pour lancer des regards interrogateurs à sa maîtresse. Tout cela lui semble louche, il y a quelque chose qui se trame. Certains chiens ressentent des choses. Il y en a qui pressentent les tremblements de terre ou si un enfant va être malade. D'autres discernent l'ivrogne ou le castagneur dans un homme, d'autres sont capables de voir les fantômes et les morts-vivants ; ce bouvier bernois, lui, il sent que quelque chose d'important se profile entre Marie et Jakob.

Et pourtant, au début, il ne se passe pas grand-chose. Il la voit, elle le voit, sans plus, ni elle ni lui ne comprennent ce qui se passe, ignorants qu'ils sont encore de l'amour. Marie, pour l'avoir observé chez des amies à elle, y voit un état de démence transitoire accompagné d'une élévation de la température corporelle. Quant à Jakob, l'amour est pour lui ce que le taureau fait avec la vache dans le pâturage.

Mais à cette seconde précise où ils se saluent, Marie, de son regard lucide, de ses yeux gris clair, comprend que Jakob la perçoit totalement, sans réserve ni jugement, et Jakob lui aussi, de son côté, voit qu'elle le reconnaît et le saisit. Cette révélation les traverse tel un éclair, d'un seul coup ils comprennent tout, vraiment tout – le sens de la vie et la nature ondulatoire de la matière, ils saisissent le commencement et la fin des temps, ils savent ce qui était avant le big bang, en l'occurrence un autre big bang, et encore un autre, et encore un, une pulsation sans commencement ni fin ; ils connaissent l'équation unique, simple et élégante, qui explique le cosmos entier, tout comme les voyages dans le temps, la télépathie et la métempsycose leur sont choses familières, tandis que le soleil se lève pour eux seuls, que tout le reste est sans importance et qu'autour d'eux le monde s'évanouit. Cet instant est précieux, grandiose, exaltant. Marie et Jakob forment le souhait qu'il ne cesse jamais.

Hélas, cela ne saurait durer. Des instants tels que celui-ci ne se prolongent jamais. Il y a toujours quelqu'un qui se présente pour y mettre fin bien trop tôt. Il arrive que ce soient les amants eux-mêmes qui commettent une maladresse ou disent une sottise. Dans le cas présent, ce fut le père de Marie qui se mit à gueuler.

Que fait donc sa fille plantée là parmi les tomates comme si elle avait chié dans sa culotte, cette cruche ? Qu'est-ce qu'il lui prend de baisser les yeux, de sourire comme une crétine et de se retenir des deux mains à l'ourlet de son tablier comme si, autrement, elle ne tenait pas debout ? Et qu'est-ce que ce garnement et ce malpropre de berger vient faire encore à la ferme ? Il a conduit les vaches, bien, et il l'a eu, son salaire. Que reste-t-il planté là bayant aux corneilles ? Mais qu'est-ce qui se passe ici, sacrebleu !

Évidemment, le fermier sait très bien ce qui se passe. Il connaît les parades nuptiales du règne animal, à peu près semblables chez toutes les bêtes. Certaines gloussent ou roucoulent pour attirer l'attention de l'autre sexe, d'autres glapissent ou miaulent, quelques-unes se lancent dans une danse vers la droite, d'autres vers la gauche, d'autres sourient niaisement ou restent immobiles, comme foudroyées, entre les plants de tomates, à bayer aux corneilles – mais en fin de compte, toutes ces parades n'ont qu'un seul et même but.

— Et un seul et même résultat.

— Le fermier, en principe, n'a rien contre ce résultat, puisque c'est pour ainsi dire son modèle économique que d'y parvenir. Mais pas quand il s'agit de sa fille. Du moins pas déjà, alors qu'elle n'a que dix-neuf ans. Certes, d'autres filles du même âge sont déjà mariées et ont déjà accouché, certaines plusieurs fois, et lui-même, jadis, avec sa Joséphine, dans les meules de foin… Mais sa fille, non. Sa fille, c'est autre chose. Et certainement pas avec ce balourd des montagnes. Dans un ou deux ans peut-être, on pourra commencer à y songer, il le faudra bien un jour ou l'autre. Le fermier a déjà deux ou trois partis en vue et, à l'occasion, il en touchera mot aux pères. Mais encore une fois : pas tout de suite. À l'automne prochain, ou au suivant, on fera les choses comme il se doit, et au printemps d'après, la fille aura sa dot et pourra se marier et ainsi de suite. Mais pas immédiatement. Et sûrement pas avec ce va-nu-pieds.

Ainsi donc, le fermier gueule aux quatre vents. Il enguirlande les valets, il lance des imprécations à sa fille et, nom de nom, il somme sa femme de se montrer, puis il menace le chien de lui donner le bâton, et finit même par engueuler ce garnement de berger, qu'il aille au diable, car tout de même, sacré nom de nom, le fermier commence à en avoir jusque-là de ces gamineries. Ces hurlements produisent leur effet. Les valets décampent à la suite des vaches. La fille retourne s'occuper de ses tomates, le chien disparaît derrière son jupon. La femme arrive à grands pas. Le garnement de berger prend le large. Le fermier est content de lui.

Mais tiens donc, que se passe-t-il ? Voilà-t-il pas que les valets s'éloignent en ricanant ? Le fermier les poursuit d'un sourire sardonique. Ils vont voir comment il leur apprendra à le respecter. Pendant ce temps, la fermière est campée dans la cour, son regard soucieux va et vient et elle essaie de comprendre ce qui arrive. Et la fille, cette crétine ? Elle s'est faufilée derrière les plants de tomates comme si cela la rendait invisible, elle tortille le cou en tous sens, tire sur sa jaquette blanche en tricot et dégage une mèche imaginaire de son front. Il ne manquerait plus qu'elle se mette un doigt dans la bouche, cette folache. Et ce pastoureau malpropre, ce produit consanguin, venu du fin fond d'une vallée alpine vers Perpète-la-Ouf ? Il n'a même pas fait vingt pas, voilà qu'il s'est de nouveau arrêté et qu'il empeste l'air que respire le fermier. Saligaud. Et ça, qu'est-ce que c'est ? Voilà-t-il pas qu'il lève la main et fait signe en direction des plants de tomates, comme un marin gagnant la mer, et tout ça par-dessus la tête du fermier ! Un comble d'insolence. Le fermier s'empare de son bâton et fond sur le saligaud, ce qui a pour effet que Jakob se remet en mouvement. Mais il ne s'enfuit pas dans l'affolement, il fait juste quelques pas et jette un regard nonchalant par-dessus l'épaule pour voir si le fermier pantelant se rapproche. Et quand le fermier arrive, le berger disparaît dans un buisson.

Dans la bourgade toute proche, c'est la foire d'automne, ces jours-ci, le pays entier est en liesse. De toutes parts les armaillis ont reconduit le bétail vers la plaine et les fermiers ont rentré les moissons. Dans la journée, le marché bat son plein sur la place de l'église, le soir on danse sur l'estrade en bois.

Magnin, le fermier, s'est mis sur son trente et un. Il a revêtu sa jaquette de velours noir à manches bouffantes courtes, un pantalon marron et une chemise blanche fermée au cou par un cordon vert, blanc et rouge. À son bras gauche, digne, avec coiffe blanche et robe noire, marche son épouse, à sa gauche, innocente et toute en couleurs, sa fille Marie-Françoise. Les forains les saluent avec déférence, Magnin est le plus riche fermier du lieu. Il est de bonne humeur puisque sa bourse est pleine ; toutes les affaires de l'année, il les a conclues à son avantage. Toute la récolte de pommes de terre et de blé est partie pour Strasbourg à bon prix, le fromage des alpages est en route pour la Lombardie et les animaux de boucherie partiront pour Berne quelques jours plus tard ; il a d'ores et déjà acheté les semences et les jeunes animaux pour l'année à venir, et il s'est acquitté de la dîme qui revient à son seigneur.

Tout va bien, le fermier Magnin est content. Il achète à sa femme des amandes grillées, à sa fille une pomme d'amour, et à lui-même une bouteille d'eau-de-vie de coing.

Mais que voit-il alors ?

Voilà que ce garnement de berger est assis sur une palissade au bord de l'enclos à bestiaux, à regarder sa fille avec de grands yeux comme si elle était la vache laitière couronnée par le comice. Il regarde, il regarde, il ne se gêne pas. Et que fait sa fille, cette pintade avec un petit pois à la place de la cervelle ? Elle étire le cou, elle écarte le petit doigt de chaque main et se tient les pieds en dedans ! Au moins, elle évite consciencieusement de regarder le berger, comme il se doit, au lieu de quoi elle observe le ciel avec intérêt comme s'il s'y trouvait Dieu sait quoi.

Le fermier enjoint énergiquement à femme et fille d'avancer. À un stand, il achète une nappe en dentelle, au suivant un cruchon. Mais le jeune gars réapparaît près de l'abreuvoir des chevaux et regarde sa fille avec de grands yeux. Maintenant, c'en est trop pour le fermier ; séparer le jeune bétail, ça le connaît ; il a tout ce qu'il faut dans sa grange, baguette de coudrier et cordes à bétail. L'air revêche, il fait avancer ses dames direction l'auberge. Une fois qu'ils seront tous arrivés là-bas, le fermier aura gagné, car jamais ce jeunot de berger n'osera s'y risquer.

Or il y a une chose que le fermier ne peut pas savoir : c'est qu'à cet instant déjà, sa fille tient cachée dans son poing brûlant une pierre merveilleusement ronde et lisse en forme d'escargot de mer. Comment cette pierre a pu arriver dans la main de Marie sans que le fermier s'en aperçoive : c'est et cela restera le secret des deux jeunes gens.

Le lendemain, la foire est terminée, les exposants et les forains forment une longue caravane qui s'étire sur la route en direction de la bourgade suivante. Debout devant chez lui, le fermier Magnin la suit des yeux. Entre deux attelages de bœufs, un jeune gars avance nonchalamment, mâchonnant un fétu de paille en jetant vers lui des regards effrontés. C'est ce garnement de berger, bien sûr. Et ce n'est pas le fermier qu'il regarde, mais sa fille qui, comme si elle voulait mettre fin à ses jours, est en train de se pencher très loin par-dessus le rebord de la fenêtre de sa chambre. Alors là, le fermier en a vraiment par-dessus la tête ; dans cette ferme, c'est lui seul et personne d'autre qui décide qui grimpe quand et avec qui dans le foin. Où est passé son bâton ? Il verra, celui-là, de quel bois il se chauffe ! Mais déjà les deux attelages ont disparu derrière la colline et le garçon avec eux. Ce n'est pas plus mal, se dit le fermier, c'est à mon abrutie de fille que je vais flanquer une raclée. Mais quand il se retourne vers la fenêtre, elle aussi a disparu. Eh bien soit, pense-t-il, au moins, ce chenapan est parti. Le problème est résolu pour l'instant, le gars ne reparaîtra plus avant l'automne prochain.

Mais, le lendemain matin, qui est-ce que le fermier aperçoit pendant sa promenade dans le bourg ? Ce jeune balourd de berger, déchargeant une meule de fromage d'une charrette tirée par un bœuf. Une meule énorme, de la taille d'une roue. Il est vigoureux, ce morveux, il faut bien l'admettre. Il traverse la rue avec la meule et disparaît dans la cave voûtée de Druez, le négociant, comme si c'était la chose la plus normale au monde. Certes, la chose la plus normale du monde est que le négociant en fromage embauche un commis à ce moment de l'année ; en octobre, il y a toujours beaucoup à faire avec le fromage des alpages qu'on livre à Druez avant qu'il ne le vende et ne l'envoie à Genève, Milan, Paris et Francfort. L'argent afflue vers le pays et c'est une bonne chose, et bien sûr que Druez peut embaucher qui lui chante comme journalier ; mais fallait-il vraiment que ce soit ce saligaud ?

Le fermier s'assoit sur le pas d'une porte et regarde le malotru emporter une meule après l'autre vers la cave. Un ouvrier endurant, il faut le reconnaître, le fermier pourrait bien avoir besoin d'un comme lui à la ferme. Et agile. Il n'a pas un regard pour le fermier, ce chien, il fait semblant de ne pas l'avoir remarqué. Jamais vu, sait pas qui c'est. Alors que l'instant d'avant, quand le fermier s'approchait, il a mis le nez au vent, comme un loup, et l'a regardé, la tête en biais. Un gars bizarre. Ça sent les ennuis. Il va falloir le tenir à l'œil.

Le fermier regarde Jakob travailler jusqu'à ce que la charrette soit vide et que la dernière meule ait disparu dans la cave. La porte se ferme, un verrou claque. Le fermier attend. Il a l'intention de lui dire, à ce saligaud, haut et fort, de se tenir à distance de sa fille, sinon il lui arrachera les roupettes. Mais la porte reste close, le gars ne se montre plus. Le fermier attend un moment, puis il a compris. Le bâtiment a une sortie vers l'arrière, côté champs.

Une fin d'après-midi, le fermier est, comme à son habitude, assis sur le banc près des poiriers en espalier en tirant sur sa pipe.

Une silhouette bancale s'approche, venant de la route. C'est Mathilde, la nièce du curé. Depuis que ses parents ont péri dans une avalanche, elle habite au presbytère et donne un coup de main à son oncle. Poitrine plate, pas de fesses, dents de travers, cheveux ternes. Et elle traîne un peu la patte, elle doit être bancroche. Le fermier écume. Qu'est-ce que revient faire ici cette triste créature, rien qu'à la voir on en est tout chose. Ça ne donnera rien, avec cette fille, elle ne trouvera pas de mari. Si Mathilde était l'un de ses veaux, il y a belle lurette qu'il l'aurait fait abattre.

Mathilde est la meilleure amie de sa fille. Il ne pourrait pas en souhaiter d'autre pour Marie, il faut être juste. Les deux jeunes filles ne se mettent pas de mauvaises idées en tête et ne font pas de sottises, elles font des conciliabules, elles caquettent, elles gloussent on ne sait quoi. Elles doivent se considérer comme des âmes sœurs.

"Alors Mathilde, qu'est-ce qui t'amène ?"

Le fermier regarde au loin, derrière la jeune fille.

Mathilde fait une révérence bancale et demande d'une voix mal assurée si Marie pourrait l'accompagner en promenade de l'autre côté, dans la petite forêt paroissiale, où les noisettes sont bonnes à cueillir. Si on ne les ramasse pas maintenant, des vagabonds se jetteront dessus.

Voilà une chose que le fermier comprend. On ne peut pas vouloir que des vagabonds se jettent sur les noisettes. Sans un mot, la pipe à la bouche, il désigne la buanderie.

Peu après, les deux jeunes filles s'en vont vers le bosquet paroissial. Il faut traverser la bourgade et en ressortir de l'autre côté. Là, sur le bord de la route, comme par hasard, un gars pieds nus est assis. Il bondit sur ses pieds, soulève son couvre-chef et demande s'il peut accompagner ces dames sur un bout de chemin. Oui, on l'y autorise.

Mathilde marche au milieu, Marie sur sa gauche et Jakob sur sa droite. Les trois jeunes gens parlent de tout et de tout le monde, de rien et de personne, peu importe. La plupart du temps, ce sont les deux jeunes filles qui parlent, Jakob ne fait que semer çà et là à intervalles réguliers de brèves exclamations exprimant l'étonnement ou l'approbation. Cela plaît aux jeunes filles. Elles trouvent agréable de discuter avec quelqu'un qui parle si peu. D'ailleurs, Jakob n'a pas complètement désappris à parler, il lui arrive aussi de dire quelque chose. Il peut dire tout ce qu'il veut, il lui faut seulement du temps pour préparer les mots un à un et les placer dans l'ordre qu'il faut.

Marie aime la voix rauque et peu exercée de Jakob. Quand il parle, elle en a la chair de poule. Lui, il aime le regard de velours que lancent ses yeux sombres sous les longs cils, et le blanc ondoiement de son décolleté. Mon Dieu, son décolleté.

Au bout de quelques minutes, Mathilde se rappelle qu'elle a promis à son oncle de cueillir la décoration florale pour les vêpres. Hélas, elle doit se hâter de rentrer, elle est désolée, mais les deux autres doivent absolument aller ramasser des noisettes dans le bosquet paroissial, Mathilde les rejoindra sûrement une fois sa tâche accomplie ; et, si ce n'est pas le cas, Marie et Jakob n'auront pas à l'attendre, ils pourront continuer sans elle et on se reverra au plus tard le dimanche suivant avant la messe.

Ce soir-là à l'heure du repas, comme à l'habitude, le fermier trône à table, avec près de lui sa femme et ses enfants à face aplatie, plus loin les valets et filles de ferme. La place de Marie, elle, reste vide. Le fermier écume de rage, car même s'il ne veut pas se l'avouer, il sait tout à fait de quoi il retourne. Il frappe de sa cuiller sur la table et crie qu'on aille chercher Marie ; personne ne touchera son gruau d'avoine avant qu'elle ne soit à table.

On ne la trouve nulle part à la ferme, et le fermier la fait chercher dans toutes les directions. Pour sa part, il marche d'un pas énergique jusqu'au presbytère pour interroger Mathilde. Celle-ci ne dit rien que la vérité en répondant avoir vu Marie pour la dernière fois sur le chemin menant au bosquet, avant d'avoir dû rentrer pour décorer l'église et, un peu moins véridiquement, elle assure n'avoir pas la moindre idée de l'endroit où pourrait se trouver Marie.

En effet, la vérité est que, une fois Mathilde partie, Marie et Jakob ont certes continué à cheminer vers le bosquet, mais qu'au lieu de gaspiller du temps à ramasser des noisettes, ils ont pris vers l'est et, à l'abri du sous-bois, ils ont marché main dans la main par les collines jusqu'à l'entrée de la gorge qui, longeant la Jogne, remonte vers les sommets.

C'est bien après minuit qu'ils rejoignent la cabane. Jakob fait du feu dans la cheminée et pose sur la table une cruche d'eau de source et deux verres, puis il sert à Marie du pain, de la viande séchée et du fromage et lui prépare une couche, car la longue marche l'a fatiguée. Quant à lui, il dort dehors. La nuit est claire et étoilée, au loin le glacier gémit. Mais peu avant l'aube, quand il commence à faire vraiment froid, il rentre et se glisse tout près de Marie. Elle soulève alors sa couverture et l'étend sur lui, qui prend aussi la sienne et l'étend sur Marie.

Au matin, il la réveille de bonne heure avec une infusion de menthe brûlante adoucie par du miel. Marie doit se hâter de s'habiller et se lever, Jakob a entendu des pas dans le fond de la vallée, des pas de bottes d'hommes et de chevaux. Ces pas sont lourds, mais ils se rapprochent. Marie et Jakob doivent partir.

Ils grimpent la montagne, plus haut, toujours plus haut, vers le ciel. Juste en dessous de la cime, là où il n'y a plus d'arbres et où les chamois ne trouvent presque plus rien à manger, au fin fond d'une crevasse, visible depuis aucun point et par personne, sinon pour les oiseaux du ciel, là est l'abri construit par Jakob lui-même ; un toit fait de poutres en bois de mélèze et d'ardoises, entre deux parois rocheuses, une peau d'ours à l'entrée, et, derrière, une couche et un foyer. De là-haut, par-dessus l'arête du rocher, Marie et Jakob ont une belle vue sur les pâturages et la cabane dont la cheminée fume encore.

Les pâturages sont paisibles et déserts, puis les hommes surgissent de la forêt de conifères. Ce sont les valets du fermier Magnin, suivis du fermier lui-même et de six gardes à cheval. Ils fouillent la cabane et scrutent la haute vallée, puis ils haussent les épaules et se grattent le cou tandis que le fermier fulmine d'une colère vaine. Il agite les poings et profère des menaces qui résonnent entre les flancs montagneux. Au loin, les chocards volent en larges cercles noirs, des blocs de pierre se détachent des sommets et dégringolent les pentes d'éboulis.

Marie s'amuse de la drôle de petite silhouette qu'offre son père. Elle rit encore plus lorsqu'il arrache son fusil à l'un des gardes et tire au hasard un coup de feu que la montagne accueille avec indifférence, et elle continue de rire quand l'écho de la détonation s'éteint et quand le fermier regagne la vallée avec ses hommes. Jakob, lui, ne rit pas. Il sait que les montagnes sont vastes, oui, mais que le monde, lui, est petit, et qu'il sera à la longue impossible de se soustraire à la fureur paternelle.

Nul ne sait combien de jours Marie et Jakob passèrent ensemble là-haut ; peut-être trois ou quatre, tout au plus une semaine. Ils s'étaient enfuis vers les hauteurs, tels les chamois, semant facilement leurs poursuivants dans leur course rapide. Mais à la longue, ils le savaient, ils n'avaient guère de chances de leur échapper.

C'est pourquoi, une après-midi, ils commencent la descente de la gorge et, au crépuscule, atteignent la plaine et la ferme de Magnin. Jakob reste au milieu de la cour tandis que Marie entre dans la maison, les bras croisés, le front baissé, l'air résolu, pour laisser passer sur elle la colère de son père.

Jakob tend l'oreille. Il s'attend à des cris, du vacarme, des portes qui claquent, de la vaisselle qui vole et se brise. Mais il ne se passe rien. Un silence inquiétant règne dans la maison. Après un certain temps, Jakob rebrousse chemin et marche jusqu'au bourg sur la route plongée dans l'obscurité, il s'assoit sur le banc placé sous le grand tilleul de la place du marché et attend les valets que dépêchera le fermier.

Ils sont quatre à arriver, munis de gourdins. Jakob se lève. Ce sont ces mêmes valets qui, à chaque printemps, montent jusqu'à son alpage avec les vaches et viennent les rechercher à l'automne. Ils traversent la place en braillant, encerclent Jakob et, encouragés par leur nombre, le brocardent. Jakob les laisse faire. Il a appris à combattre les ours et les loups, ses réflexes sont ceux d'une bête sauvage. À ses yeux, les valets se meuvent au ralenti, leurs lourdes gesticulations censées le menacer ne sont pas un danger pour lui. Il attend patiemment que les valets aient achevé leur pantomime, c'est tout juste s'il ne commence pas à s'ennuyer. Jakob voudrait bien tenter d'éviter le combat, si c'était possible ; premièrement parce que chacun de ces quatre valets a lui aussi été un jour un enfant qui avait une mère, possédait son joujou favori et nourrissait un grand rêve, deuxièmement parce qu'un combat n'est jamais dépourvu de danger, quel que soit l'adversaire auquel on a affaire. Mais ces gars-là tiennent à se castagner, c'est à cette fin que le fermier les a envoyés et ils se sont mis cela en tête. Et donc, Jakob se battra, aussi brièvement et durement que possible. Il ne se moquera pas. Les brocards, c'est inutile et risqué.

Quand le moment arrive enfin où le premier valet prend sérieusement son élan pour frapper avec son gourdin, Jakob profite de sa défense à découvert pour, d'un coup de coude, lui briser le nez, et avant même que le valet ait roulé par terre, Jakob se tourne vers les trois autres. En quelques fractions de seconde, des lèvres éclatent, des dents se cassent, des parties sensibles prennent des coups, et les valets se retrouvent tous les quatre gémissant dans la poussière, ensanglantés. Jakob aide à se relever celui qui est le plus proche de lui, lui place son mouchoir contre son nez qui saigne et lui dit :

"Tu diras au fermier qu'il n'aura plus à venir me chercher. Je pars à la guerre et je ne reviendrai pas de sitôt."

La même nuit, Jakob parcourt en courant trente kilomètres vers le nord, sur la route de l'armée éclairée par la lune, jusqu'à Fribourg, l'ancienne cité des Zähringen qui, depuis des siècles, fait de belles affaires en envoyant de jeunes mercenaires se battre pour la France. Il attend à la porte de la ville jusqu'au petit matin. Une fois que la herse a été remontée, dans un grand fracas de chaînes, il pénètre dans la ville et demande au premier homme en uniforme dont il croise la route où il doit se présenter pour devenir militaire.

— Qu'est-ce qui se passe ? demanda Max.

Une obscurité presque totale régnait dans la Toyota, une épaisse couche de neige s'était déposée sur les vitres ; sauf sur le bord supérieur de la vitre latérale, où une mince bande était restée sans neige, laissant entrer un peu de lumière blafarde.

— Tu as froid ? Tu as faim ?

— Non, pourquoi ?

— Il y a quelque chose qui ne va pas ?

— Qu'est-ce qui te fait penser ça ?

— Tu fais la tête.

— Je n'ai rien dit. Quelle heure est-il ?

— Onze heures et demie. Ne mens pas, tu fais la tête.

— Tu ne peux pas le voir, il fait noir comme dans un four.

— Je le sens. Tu émets des ondes négatives. Depuis un instant tout juste.

— Laisse-moi tranquille avec tes intuitions. La tête que je fais ne regarde que moi.

— Tu sais quelle impression ça donne, quand tu émets des ondes pareilles ? Comme de la radioactivité. C'est silencieux, invisible, inodore, mais absolument mortel. Si je ne m'enfuis pas tout de suite ou si je n'éteins pas la source radioactive, dans deux heures je suis mort. Alors dis-le, qu'est-ce que tu as ?

— Rien.

— Allez, vide ton sac. Il faudra bien, à un moment ou un autre.

— Bon, arrête.

— Je sais ce que c'est. Et tu sais que je le sais. C'est à cause de mon histoire.

— Tiens donc ?

— À cause de la bagarre. À cause de la représentation de la violence.

— Non, j'ai trouvé ça cool. La froide efficacité dont fait preuve Jakob. Il est fort, courageux. Et il sait ce qu'il veut.

— Alors c'est parce qu'il doit partir pour l'armée.

— Exactement, dit Tina. On n'aurait vraiment pas pu donner encore plus dans le kitsch. Il ne manque plus que Marie, désespérée, aille se noyer. Ou qu'elle entre au couvent. Ou dans un couvent au fond d'un lac. Au fait, ils sont catholiques, là-bas ?

— Et comment donc ! Pourquoi ?

— Parce que les protestants n'ont pas de couvents.

— Mais si.

— Mais non.

— Si. Mais peu importe. En tout cas, je peux te rassurer, Marie n'entre pas au couvent. À propos, je trouverais ça bien que tu ne sois pas d'avance si négative envers mon histoire.

— Premièrement je n'avais pas l'intention de rouspéter, c'est toi qui as absolument voulu savoir. Deuxièmement, je n'ai pas à trouver formidable tout ce qui se passe dans ton histoire.

— Mais tu n'es pas obligée non plus de vouloir constamment réécrire le scénario. Essaie de laisser venir. Le cinéma, c'est mieux si on laisse les choses se passer.

— J'ai quand même le droit d'avoir mon opinion à moi ?

— Bien sûr. Sauf que dans une histoire, il ne s'agit pas d'opinions, mais d'un récit.

— Alors admettons que le bonheur récent de notre jeune couple d'amoureux soit en péril car Jakob doit partir pour l'armée. Dis donc, tu ne trouves pas ça terriblement bête ?

— C'est un fait historique. Que veux-tu que j'y fasse ?

— Continue.

— D'après les registres d'enrôlement des Archives nationales du canton de Fribourg, Jakob Boschung, originaire de Bellegarde, s'est engagé le 8 octobre 1779 pour un service mercenaire d'une durée de huit ans dans le régiment de Waldner. Pour toute cette durée, il fut stationné à Cherbourg, sur la Manche. Au bout de quatre ans, il fut promu caporal, et le 1er novembre 1787, libéré avec les honneurs.

— Je suis toujours étonnée que tu saches ce genre de choses par cœur. Toutes ces dates, ces noms, ces lieux. Je me demande parfois si tu ne serais pas un peu autiste.

— Parce que j'ai une bonne mémoire ?

— En tout cas, ce n'est pas normal.

— Donc ce qui est normal, c'est d'avoir une mauvaise mémoire ? Comme toi ?

— Je dis simplement qu'il arrive aux gens normaux d'oublier quelque chose.

— Ce n'est pas comme si ça ne m'arrivait jamais d'oublier quelque chose.

— Allez, continue. Ainsi, Jakob Boschung s'en va à la guerre.

— Eh bien justement non. Il n'aura pas vu grand-chose de la guerre car, à cette époque, la paix régnait sur les rives de la Manche. Dans ces années-là, d'autres régiments suisses ont livré des batailles sanglantes à peu près partout de par le monde, par exemple dans la guerre hispano-portugaise ou dans la guerre de Succession de Bavière, dans la guerre des empires russe et autrichien contre l'Empire ottoman, ou les guerres à Ceylan, en Birmanie et au Siam. Les mercenaires suisses étaient partout, dans la guerre d'indépendance des États-Unis, en l'occurrence dans les deux camps, ou dans la guerre russo-suédoise, en Afrique du Sud, en Égypte, en Inde…

— D'accord, j'ai compris. Tu n'es vraiment pas tout à fait normal, je suis désolée d'avoir à te le dire.

— En tout cas, on faisait partout la guerre, sauf en Normandie. Là, il n'y avait que des pommiers et des vaches à des lieues à la ronde, et quelques navires à l'horizon. La mission du régiment de Jakob était de garder le port de Cherbourg pour le cas où il viendrait à l'esprit des Anglais de retraverser la Manche. Mais ils se sont abstenus. Et Cherbourg, c'était un trou. On voudrait bien savoir comment Jakob a tué le temps.

— À la soldatesque, répondit Tina. Boire, forniquer et taper le carton.

— Jakob était amoureux, donc pas question de forniquer. Je l'imagine plutôt allant à la pêche sur la jetée.

— Les soldats, ça fornique, c'est connu.

— Comment aurait-il pu alors qu'il n'avait que Marie en tête ?

— Aucune idée. Dis-moi, toi, tu es un homme.

— Je te dis qu'il ne pouvait pas. On devient un homme meilleur, quand on est amoureux, en tout cas provisoirement. Et puis tous les hommes ne forniquent pas, et même pas tous les soldats. Lui, il chantait des chansons tristes et allait pêcher sur la jetée, à des milliers de milliers de pas de sa bien-aimée, et cela pendant huit années, sans perspective de permission ni de libération anticipée.

— Si au moins ils avaient pu s'écrire.

— Mais ni l'un ni l'autre ne savait écrire.

— Mais ils pouvaient penser l'un à l'autre.

— Oh que oui. Ils ont dû penser constamment l'un à l'autre. Sinon, ils se seraient oubliés.

— Et ton histoire serait finie.

— Il faut penser l'un à l'autre, sinon on s'oublie.

— Moi aussi je t'oublierais si je ne pensais pas toujours à toi.

— Tu vois bien !

— Je me demande bien pourquoi je ne peux pas m'empêcher de penser toujours à toi.

— Tu n'as vraiment pas froid ? Viens plus près de moi. Voilà. Bien.

— Max ?

— Oui ?

— Tu es sûr que Jakob ne forniquait pas ?

— Si je te le dis. Il allait pêcher sur la jetée. Maintenant, imagine Marie, restée seule en Gruyère. Quelques semaines s'écoulent. C'est l'hiver, des nuages noirs traversent le ciel. Le calme est revenu à la ferme paternelle, un silence magnanime s'est déployé sur les frasques de Marie. Seuls les quatre valets bougonnent encore. Leurs plaies ont guéri et leurs os se sont plus ou moins reconstitués, mais les trous dans la dentition sont toujours là, et la honte subie les dévore encore.

Le fermier fait comme s'il n'était rien arrivé. Il est rusé. Il n'est pas prêt à faire un drame de cette affaire, à siéger au tribunal, rendre des jugements et prononcer des peines. Visiblement, sa fille n'a pas de dommages durables ; sa femme a gardé à l'œil le linge de

Marie et, après seulement quelques jours, elle a pu le rassurer. De plus, le principal coupable n'est plus dans les parages et ne reviendra pas de sitôt. Pour le fermier, l'affaire est close.

La fermière, elle, est plus avisée. Elle sait qu'un fantôme peut être un pire ennemi qu'un être humain présent physiquement. Elle observe sa fille avec inquiétude et scrute les symptômes du mal d'amour. Elle fouille l'armoire de Marie, son lit et ses vêtements, mais n'y trouve rien d'autre qu'un coquillage fossilisé sous son oreiller. Étrange. De sa main rêche, la fermière caresse le coquillage avant de le replacer sous l'oreiller. Elle sait qu'un fétiche est d'autant plus puissant qu'il est perdu.

Plus avisée encore que la fermière, il y a Marie. Elle sait que la condition pour vivre en paix sous le toit paternel est de ne rien laisser paraître de son bonheur, de ses peines ni de son désir. Elle ne soupire donc pas, ne pleure pas, ne jeûne pas et ne maigrit pas ; au contraire, elle reste potelée, le teint rose, elle chante et rit comme par le passé. Elle se lève de bon matin, prend son petit-déjeuner avec appétit et travaille aussi assidûment qu'à l'habitude, et le soir elle ne lance jamais de regards langoureux vers le firmament mais s'en va dormir de bonne heure.

Et Marie n'a même pas à jouer la comédie pour se comporter ainsi, elle est vraiment joyeuse, car elle sait que son Jakob est quelque part en ce monde. Comment pourrait-elle ne pas être joyeuse ? Elle sait aussi qu'il lui reviendra, il le lui a dit quand il est parti. Ce n'est pas elle qui le lui a demandé. Il le lui a spontanément promis.

Dans les premiers temps, Marie songe encore à faire une fugue et à rejoindre Jakob par ses propres moyens. Elle s'enquiert de l'endroit du globe où se trouve Cherbourg, puis elle ourdit plusieurs stratagèmes. Trouver un peu d'argent pour le voyage devrait être possible et, avec un peu de ruse et d'astuces, elle pourrait prendre une avance de douze ou vingt-quatre heures avant que son père ne lâche à sa poursuite ses limiers montés à cheval. Mais le problème serait que les sbires connaîtraient d'emblée la direction dans laquelle Marie se serait enfuie ; et leur traque ne serait donc pas une chasse, mais une course-poursuite dont la perdante serait connue dès le début. Dans tous les cas, les chiens rattraperaient Marie, peut-être dès le village suivant, et au plus tard lors de l'ascension des hauteurs du Jura. Et quand bien même à force de feintes et de subterfuges elle réussirait à les semer et à gagner la France on ne sait trop comment, la nouvelle qu'une jeune fille seule marcherait sur la route la précéderait constamment. Si les limiers rentraient bredouilles à la fin du premier jour, le père de Marie avertirait le ministre de la police de Fribourg, celui-ci enverrait en urgence une dépêche à son collègue de Paris et les chiens n'auraient alors plus rien d'autre à faire qu'à se trouver une petite place à l'ombre au bord de la route pour attendre l'arrivée du petit lapin. Ils attraperaient Marie, c'est sûr et certain. Au plus tard à Cherbourg.

Ainsi, Marie reste à la maison et décide d'attendre le jour où Jakob reviendra. Elle n'est pas triste, mais elle trouve le temps long dans sa prison. Car pour être captive, oui, elle l'est. Une fille de sa condition ne connaît que quatre chemins pour échapper à la protection paternelle : ces chemins mènent à l'autel, au couvent, dans l'eau, ou à une place de cameriste chez un aristocrate de la ville. Tout cela est hors de question pour Marie. Et donc, elle reste.

Et elle est seule. Ses frères et sœurs à la face aplatie lui sont plus étrangers que jamais. Sa mère la poursuit de ses soupçons. Son père la traite comme un poulain qui mord. Les valets, qui jadis aimaient à plaisanter avec elle, la regardent comme si elle était transparente. Les servantes, la considérant comme déshonorée, chuchotent dès qu'elle a le dos tourné. Mathilde, sa meilleure amie, n'est plus autorisée à la voir, son oncle l'ayant privée de toute sortie pendant un an depuis qu'elle a pris part au complot.

Mais le jour arrive où le fermier finit par s'apercevoir qu'il manque quelque chose à sa fille ; car il n'est malgré tout pas idiot, ni complètement insensible au fond de son âme. Il observe Marie, il réfléchit à elle. Il forme les pensées qu'il est à même de former. Il pense que la jeune fille devient mélancolique parce qu'il lui manque quelque chose ; et ce qui pourrait lui manquer, l'expérience qu'il a de la vie semble le lui révéler. Il décide donc d'agir. Il s'y connaît en ce genre d'affaires.

Marie s'étonne d'abord que de jeunes damoiseaux fassent tout d'un coup leur apparition à la ferme. Au rythme de quelques semaines, il en surgit un, et il observe tout très attentivement. Certains commencent par visiter les champs, les prairies et le bétail, d'autres inspectent d'abord les étables, puis la maison d'habitation et Marie. Nombreux sont ceux qui viennent accompagnés de leur père. Certains restent là plusieurs jours. Quelques-uns prennent même place à la table du souper.

C'est à l'automne que ces visites s'intensifient, selon la coutume. Premièrement parce qu'en automne, la ferme se montre sous son plus beau jour puisque les greniers sont pleins et les bêtes bien nourries, et deuxièmement parce que les jeunes gens ont tout l'hiver suivant pour faire connaissance avant d'aller à l'autel en mai de l'année qui suit.

Marie n'a même pas à les regarder, ces damoiseaux, rien que l'idée est ridicule. Cela n'a rien à voir avec le fait qu'ils soient tous des bêtes de somme abruties et lourdement charpentées ; ils pourraient être des demi-dieux grecs descendant du ciel sur leur char de feu que Marie ne les honorerait pas d'un regard. C'est son Jakob qu'elle veut, et personne d'autre.

Mais cela, elle ne le dit pas à son père. Pour ne pas le fâcher, elle joue l'adorable jeune fille, elle se tient bien droite et conduit les visiteurs à travers la maison et le jardin, le sourire aux lèvres. Mais vient toujours le moment où elle se retrouve seule avec le damoiseau. Et alors, elle montre les dents, roule les yeux et, usant des mots les plus expressifs, explique au jeune hébété à quelle sauce elle le mangerait s'il s'avisait de croiser son chemin la nuit.

Ainsi passent deux ans, trois ans, quatre ans. La sœur cadette de Marie convole, un petit frère devient apprenti chez un marchand de bestiaux. Le vingtième anniversaire de Marie est loin, elle a vingt-cinq ans ; les tentatives de son père pour lui trouver un mari se font de plus en plus insistantes. Mais Marie ne veut rien savoir. Elle passe presque toutes ses heures de liberté, le soir, avec son amie, depuis que celle-ci n'est plus cloîtrée chez elle. Mathilde elle aussi est encore fille, et rien n'indique que cela doive changer un jour. Elle ne s'habille plus de vêtements colorés comme le font les jeunes, mais ne porte plus que des jupes gris clair, gris pigeon ou gris anthracite. Elle a coupé ses cheveux ternes. Et quand elle est hors d'haleine ou agitée, son cou se couvre de taches rouges.

C'est à cette époque qu'une nouvelle inouïe met l'humanité en émoi. Elle se répand comme une traînée de poudre dans l'Europe entière, au cœur des grandes villes on la chuchote, on la chante, on la hurle, puis elle va de bouche en oreille à travers les plaines avant d'atteindre les vallées montagneuses les plus reculées et les côtes d'où, toutes voiles gonflées, elle traverse les mers pour arriver jusqu'aux continents éloignés, jusqu'aux confins du monde connu, et partout les humains restent bouche bée, incrédules à l'idée que, pour la première fois depuis le début des temps, deux humains aient construit un aérostat pour quitter la terre mère et s'élever sans appui à travers les airs jusqu'au ciel.

Cette nouvelle rassemble l'humanité par-delà les origines et les conditions sociales, les générations et les sexes, en une stupeur fraternellement unanime ; jalousies, querelles, convoitises et discordes doivent être remisées, les gens se tombent dans les bras, se réjouissant à l'unisson de pouvoir bientôt voyager dans les airs comme des oiseaux, comme jadis Icare, Prométhée et les armées célestes. Cette paisible harmonie est une expérience rare et précieuse pour le genre humain, et d'ailleurs elle ne dure pas, car certains commencent déjà à se demander si ces aérostats leur profiteront ou leur nuiront à titre personnel.

C'est ainsi qu'après un bref moment d'ébahissement collectif, les uns sont gagnés par un ravissement métaphysique, d'autres par une indignation théologique, tandis que d'autres encore se réfugient dans une incrédulité obstinée ou misent perfidement sur des accidents et des catastrophes. Les calotins, en chaire, vitupèrent l'hybris blasphématoire par laquelle l'humain veut s'élever au-dessus de la poussière dont il est pourtant fait et à laquelle il doit retourner ; les philosophes au contraire acclament la puissance de l'esprit humain, capable de triompher déjà des lois de la pesanteur qu'il a formulées à peine cent ans auparavant. Propriétaires terriens et manufacturiers redoutent les bouleversements politiques, le chaos et des rentes amenuisées si serviteurs et ouvriers peuvent à tout moment disparaître à travers les airs vers des lieux où leur force de travail sera mieux rémunérée, tandis que les opprimés de tous les pays puisent le réconfort dans l'espoir de pouvoir un jour s'envoler dans un aérostat et, parvenus en altitude, chier en toute liberté sur les têtes de leurs tyrans.

Les voyages en ballon inspirent les auteurs de théâtre et de chansons, on frappe des pièces de monnaie commémoratives, on remplit des gazettes entières. Par milliers des brochures illustrées passent de main en main ; dans les villes, graveurs et imprimeurs ne savent plus où donner de la tête à force de copier ces feuilles et de les vendre à bon prix à des marchands volants.

L'un de ces marchands de journaux passe aussi par la Gruyère. C'est le jour de la Saint-Martin, le plus important jour de marché de la bourgade.

Marie se tient derrière son étal de légumes. Elle est emmitouflée dans plusieurs épaisseurs de robes et plaids, car l'hiver est exceptionnellement précoce en cette année 1783. L'automne avait déjà eu des airs d'hiver, et l'été des airs d'automne car, peu après le solstice, un brouillard jaune soufre s'était répandu et ne s'était plus dissipé ; un brouillard pernicieux, tel qu'on n'en avait jamais vu, avec une puanteur d'œuf pourri. Certains jours, il était au ras du sol, puis il remontait, menaçant, jusqu'aux nuages. Il montait comme un poison au nez des humains et des bêtes, leur brûlait les yeux et gagnait l'est aussi vite qu'un cheval galopant jour et nuit. Et une fois incrusté quelque part, il y restait des semaines et des mois.

Sur de vastes espaces de l'hémisphère nord, le soleil ne brillait plus ; de la Bretagne à la Sibérie en passant par la Prusse, les céréales pourrissaient sur pied sans mûrir. Les enfants toussaient, nombre d'entre eux mouraient. Les oiseaux tombaient morts du ciel et, dès août, les arbres perdirent leurs feuilles. En septembre, il tomba les premières neiges, en octobre, l'eau se couvrit d'une couche de glace dans les abreuvoirs du bétail et les ruisseaux gelèrent. Et les rares fois où le soleil perçait malgré tout, il était faible et froid comme un disque d'un rouge terne dans un ciel gris violet.

On ne pouvait échapper à ce brouillard, qui s'était étendu sur le monde entier. Sa source était en Islande où, à la Pentecôte de 1783, un violent séisme avait cassé en deux le volcan Laki. Une fissure s'était formée dans la croûte terrestre et avait projeté dans l'atmosphère en un temps très bref cent vingt millions de tonnes de dioxyde de soufre qui, en se mêlant avec les gouttes de pluie dans les nuages, se transformèrent en acide sulfurique, à quoi s'ajoutèrent huit millions de tonnes de fluor et sept millions de tonnes de chlorure d'hydrogène qui retombèrent sur terre en pluies acides, ainsi que des quantités considérables de sulfure d'hydrogène et d'ammoniac. Jamais, depuis le jour où en Afrique de l'Est une espèce de singe avait donné naissance à l'humanité, il ne s'était produit sur terre une telle pollution de l'air.

Sous l'effet des vents d'ouest dominants, les gaz toxiques eurent vite fait de s'étendre sur l'Europe. Quelques jours à peine après l'éruption volcanique, les paysans travaillant sur les champs en Irlande et en Angleterre se plaignaient de brûlures oculaires et de difficultés à respirer ; la puanteur progressa vers la France et le Portugal, puis l'Allemagne, la Russie et l'Égypte, allant même jusqu'en Inde, en Chine, au Japon, en Amérique et au Groenland, et, ayant alors réussi à faire le tour de la terre, elle revint en Islande sous forme diluée. Et comme le soleil ne brillait plus guère, un grand froid s'abattit sur l'hémisphère boréal.

En Gruyère, ruisseaux et canaux gèlent dès novembre, les habitants circulent en patins d'un village à l'autre. Une épaisseur de neige sale, à hauteur des hanches, recouvre les rues de la bourgade, et sous les ponts les vagabonds meurent de froid dans leur sommeil. Au sol, toutes les pierres sont scellées par le gel, le bois se fendille. La fumée monte tout droit des cheminées vers le ciel jaune. Comme il n'y a pas un brin d'air, les moulins à vent sont immobiles, les boulangers manquent de farine, les gens n'ont plus de pain. Bien des familles ont épuisé dès début novembre leurs ressources en bois de chauffe prévues pour l'hiver. Et malgré tout, la Saint-Martin, c'est jour de marché, la vie continue.

Marie observe le vendeur de journaux qui grimpe sur une estrade en bois. Des nuages de vapeur blanche sortent de sa bouche lorsqu'il commence à raconter en claironnant qu'en France, un gigantesque aérostat en toile encollée de papier s'est élevé vers le ciel par la force de la fumée ascendante. On s'attroupe autour du vendeur de journaux, on l'écoute bouche bée. Quand il redescend de son estrade, on lui arrache des mains ses brochures.

Marie est magnétisée. Elle plonge la main dans la caisse, laisse son étal de légumes en plan et court chercher un exemplaire. La brochure n'est faite que d'une feuille de papier pliée en son milieu. Sur la première page, une grande gravure représentant un ballon richement décoré avec une nacelle, et un feu produisant force fumée ; sous la gravure, beaucoup de choses écrites. Sur la deuxième page, les portraits de deux hommes, sans doute les constructeurs, et encore plus de lignes de lettres. Sur la page trois, la nacelle en gros plan et, à côté, un canard, un coq et un mouton. Sur la page quatre, un château et, en dessous, un gros jeune homme aux cheveux bouclés et aux lèvres boudinées, nez crochu et menton fuyant, sans doute le roi ; et encore plus de choses écrites. Il y a partout beaucoup de choses écrites. Marie veut savoir ce que c'est. Il faut que Mathilde le lui lise. Elle est la nièce du curé, elle sait lire.

Marie confie l'étal à une servante, court à travers la neige jusqu'au presbytère, la brochure à la main, et appelle Mathilde jusqu'à ce qu'elle sorte de la maison et lui lise tout ce qui est écrit.

Le gros homme, c'est Louis XVI, les deux hommes sont les frères Montgolfier. Le château est celui de Versailles. Le canard, le coq et le mouton sont les premiers êtres vivants qui aient voyagé dans l'aérostat. L'ascension s'est faite depuis l'avant-cour du château. La famille royale entière assistait au spectacle, ainsi que plusieurs milliers de nobles et une foule populaire innombrable venue de Paris. Une fois le ballon dans les airs, le roi s'est précipité dans sa chambre pour suivre le vol à la lunette. Le voyage a duré dix minutes et a conduit à une distance de plus de mille huit cents brasses vers le nord-est, jusqu'à ce que l'embarcation, dans une rafale de vent, verse avant de redescendre lentement vers le sol dans la forêt de Vaucresson.

La plus jeune sœur du roi a suivi le voyage en chevauchant à travers champs et forêts. Elle s'appelle Élisabeth et a dix-neuf ans. Lorsqu'elle atteint le lieu d'atterrissage, le mouton broute calmement, le canard aussi est dispos. Seul le coq a une aile tordue, on dit que le mouton, lors de l'atterrissage, s'est assis sur lui par mégarde. La princesse soigne l'aile et emporte les trois animaux avec elle. Elle a sa ferme à elle, où le coq, le canard et le mouton, en récompense de leur acte pionnier, pourront vivre jusqu'à la fin de leurs jours sans devoir craindre le boucher.

Désormais, les humains aussi doivent se risquer à un voyage aérien. Les frères Montgolfier ont proposé qu'on place dans la nacelle trois condamnés à mort, mais le roi a mis son veto ; le privilège d'accomplir le premier voyage à travers les airs ne doit pas revenir au rebut de l'humanité mais être réservé à la noblesse.

Le feu sous le ballon est alimenté principalement avec de la paille humide et de la laine hachée, afin de dégager beaucoup de fumée ; car ce sont les fines particules de fumée qui emportent le ballon en altitude.

À cet endroit du récit, Marie interrompt la lecture de son amie.

“C’est stupide, évidemment.

— Quoi ? souffle Mathilde.

— Cette histoire de fumée. Ça ne sert à rien de brûler de la paille humide et de la laine.

— Tu crois ?” Mathilde fronce les sourcils et montre ses dents de travers. “C’est pourtant ce qui est écrit là.

— Où ?

— Là.” Mathilde désigne la page trois. “Ils brûlent de la paille humide et de la laine hachée pour produire le plus de fumée possible. Et ils brûlent aussi de vieux souliers. Et des cadavres de chevaux en décomposition.

— C’est stupide, répète Marie. Ça pue et ça fume, mais ce n’est pas ça qui fait monter le ballon, au contraire. Ce qu’il lui faut pour voler, c’est de l’air très chaud, transparent. Tu as déjà fait du feu dans la cuisine ?

— Bien sûr. Souventes fois.

— Alors tu le sais aussi. Si tu brûles quelque chose d’humide dans le fourneau, cela produit beaucoup de fumée mais peu de chaleur. La fumée refuse de monter dans la cheminée et la cuisine s’en remplit. Mais si le bois est bien sec et que le feu brûle bien, la fumée se voit à peine et monte aussi vite qu’une flèche.

— Maintenant que tu le dis.

— C’est sûr, dit Marie. Tu brûlerais de la viande avariée et des vieux souliers, toi ?

— Jamais.” Mathilde pouffe sans un bruit.

“L’affaire est claire, dit Marie. Le ballon a besoin de chaleur, pas de fumée. Ces nobles messieurs n’ont aucune idée de la manière de faire un feu, parce que jamais de leur vie ils n'ont allumé le poêle de leurs mains.

— Il faudrait essayer, lance Mathilde dans un souffle, tout excitée. Des taches rouges apparaissent sur son cou.

— Oui, allons-y", dit Marie.

Ce soir-là, Marie et Mathilde décident de construire elles-mêmes un aérostat ; pas un trop grand, pas pour transporter des humains, car elles ne disposeraient pas, et de loin, de la quantité de matériau nécessaire. Un petit modèle suffira pour vérifier la théorie de Marie sur la fumée et l'air chaud.

Le dimanche suivant, après la messe, elles vont se promener sur les prairies enneigées, jusqu'au bosquet paroissial. On est passé directement du crépuscule du matin au crépuscule du soir, depuis des mois le brouillard engloutit la lumière du jour. Partout, la couche de neige atteint la taille d'un homme, une neige du même jaune que le brouillard, et sentant aussi l'œuf pourri.

Marie et Mathilde glissent avec leurs sabots sur le sentier gelé, jusqu'à l'orée du bois. Arrivées là, elles construisent une petite pyramide en baguettes de bois et en recouvrent les côtés du tissu d'une chemise de nuit remisée. Puis elles font un feu de branches sèches d'épicéa, maintiennent leur aérostat au-dessus avant de le lâcher. Il tombe dans le feu comme une pierre et se consume.

Une semaine plus tard, elles se lancent dans une deuxième tentative avec un parallélépipède dont la base est ouverte, en utilisant cette fois des rameaux de bouleau et un vieux jupon. Le parallélépipède se balance un instant au-dessus de la flamme, se renverse, tombe dans le feu et se consume.

Le troisième aérostat est cylindrique. Il reste suspendu dans les airs le temps de quatre ou cinq battements de cœur avant de descendre doucement vers le feu et de se consumer.

Pour leur quatrième tentative, Marie et Mathilde construisent un cube en fétus de paille couvert des pages collées d'une bible dérobée par Mathilde à son oncle ; au centre de la base ouverte, avec un fin fil de cuivre, elles fixent une boule de coton imbibée d'eau-de-vie. La nuit est déjà tombée lorsqu'elles mettent le feu à la boule. Cette fois, l'aérostat ne tombe pas, il reste en l'air, les passages collés des Saintes Écritures brillent d'un éclat noir et or à la lumière de la boule enflammée. Puis le cube s'élève, d'abord insensiblement, puis de plus en plus vite, jusqu'à la cime des épicéas enneigés et, au-delà, vers la nuit, avant de gagner le brouillard jaune. Marie et Mathilde observent sans un mot leur œuvre lumineuse qui s'éloigne, jusqu'à ce que toute l'eau-de-vie ait brûlé, que la flamme s'éteigne et que l'engin se fonde dans l'obscurité de la nuit. Les deux amies se prennent les mains, elles ont les larmes aux yeux.

Marie et Mathilde ne peuvent pas savoir que derrière le petit bois paroissial se trouve un autre petit bois couvert de neige jaunie, et derrière, encore un autre, et encore un autre, et encore un. Des centaines et des centaines de petits bois se trouvent, à tous les points cardinaux, l'Europe entière est parsemée de bosquets couverts de neige jaunie nappés d'un brouillard jaune moutarde, de Stockholm à Naples, de Lisbonne à Moscou, et partout, des jeunes gens comme

Marie et Mathilde construisent de petits aérostats, tous ignorant l'existence d'autres bosquets et d'autres jeunes gens comme eux, et tous ont le cœur plein d'un désir indéfini et du pressentiment tremblant qu'ils auront, sur ce petit continent ensanglanté, des temps difficiles et de profonds bouleversements à traverser. Soir après soir, tandis que l'Europe tourne dans la nuit, ces petites lumières s'élèvent par centaines, et à quelques-uns de ces aérostats bricolés est accroché un lapin terrorisé, un cochon d'Inde ou un chaton, qui, envoyés par les humains, font l'ascension du ciel et sont condamnés à retomber après un bref vol, et chacune de ces ascensions confirme la théorie de Marie-Françoise Magnin en Gruyère selon laquelle c'est l'air chaud qui fait s'élever l'appareil, et non la fumée. Même les frères Montgolfier, après quelques vols, renoncent à carboniser des carcasses de cheval.

Techniquement parlant, l'affaire se révèle assez simple. Tout enfant est à même de construire un engin à air chaud, les simples parallélépipèdes, pyramides et cylindres lumineux risquent de perdre toute leur magie. Alors bientôt, ce sont des œuvres d'art bien plus élaborées qui montent dans le ciel, des oiseaux de paradis brillant de toutes les couleurs, des têtes enturbannées, des poissons, des dames noires et des châteaux magiques traversent le ciel nocturne, provoquant l'effroi du peuple resté à terre, ne comprenant rien à tout cela.

— Tu es encore réveillée ?
— Oh oui !
— Quelque chose ne va pas ?
— Pourquoi ?
— Je t'entends réfléchir.

— Il fait noir comme dans le ventre d'une vache. Nous sommes enterrés vivants.

Tina tourna la clé de contact et mit les essuie-glaces en marche, qui se mirent à pousser la neige sur les côtés en grinçant, laissant passer un soupçon de lueur nocturne par le pare-brise.

— C'est mieux comme ça. Quelle heure est-il ?

— Minuit trente. Tout va bien ?

— Pourquoi ?

— Tu recommences à émettre de la radioactivité. Qu'est-ce qu'il y a maintenant ?

— Passons.

— Dis-le.

— Ça me tape sur les nerfs, la façon dont tu traites cette pauvre Mathilde. Les fesses plates, les cheveux ternes et les dents tordues, ces chuchotements perpétuels. Dis-moi, c'est vraiment nécessaire ? Et voilà en plus ces taches rouges.

— Mais il y en a, des gens comme ça.

— Ce n'est pas la question. La question, c'est que tu la voies comme ça.

— Qu'est-ce qu'il y a de mal à voir les gens comme ils sont ?

— Tu veux voir Mathilde de cette façon parce que, comme ça, elle fait bien dans ton fourbi. Comme personnage comique pour ton humour masculin.

— Allez, arrête.

— Mais si.

— Bon d'accord. Alors moi, j'aimerais bien t'expliquer le problème que tu as avec Mathilde.

— Vas-y, je t'en prie.

— Tu ne veux pas accepter son indigence insipide car, pour toi, le modèle féminin ne peut être que celui de surfemmes omnipotentes.

— Alors là, super. Cette fois, tu plaisantes vraiment, j'espère ?

— Oui.

— Bon. Je peux encore faire une remarque ?

— Volontiers.

— Cette histoire de coq avec son aile tordue, j'ai trouvé ça trop niais.

Max haussa les épaules.

— Là, je n'y peux rien, toutes les histoires illustrées de l'aviation évoquent ce coq. Quelques sources prétendent que l'aile était blessée avant l'envol, et pas seulement à l'atterrissage. On ne peut plus le vérifier, je le crains.

— Tu n'es vraiment pas tout à fait normal. Je suis désolée de devoir te dire ça.

— En revanche, la scène avec la princesse n'est mentionnée qu'en passant par les historiens des voyages en ballon, ou elle ne l'est même pas du tout. Je te raconte l'histoire de la princesse ?

— Quelle princesse ?

— Celle qui a suivi le ballon à cheval. Élisabeth, la plus jeune sœur du roi.

— Alors non, ça ira comme ça.

— Mais elle est importante pour l'histoire.

— Quelle histoire ?

— Celle de Marie et Jakob.

— Qu'est-ce que la princesse vient faire là-dedans ?

— C'est justement ce que je veux te raconter.

— Elle porte un diadème dans ses cheveux qui brillent comme la soie ? Un fils de roi la réveille d'un baiser, et ainsi de suite ?

— Elle est une enfant sauvage difficile à tenir, elle est dans un refus constant de l'autorité et elle souffre d'une certaine difficulté à se concentrer.

— Quel âge a-t-elle, redis-le-moi ?
— Dix-neuf ans.
— Oh là là.
— C'est comme ça. Mais écoute, c'est Zora la Rousse au château de Versailles.
— C'est de source sûre ?
— On peut lire ses lettres. Elle signe parfois *Élisabeth la Folle*. Elle est la Fifi Brindacier des Bourbons. Cavalière intrépide, excellente joueuse de billard.
— Continue.
— La jeune fille s'ennuie à mourir au château de Versailles. Toujours ces perruques poudrées et ces corsages lacés, ces prières interminables, ces heures d'aquarelle et ces cours de clavecin, éternellement gratter la harpe et broder des mouchoirs, toujours bosser son allemand, son italien et son russe pour le cas où l'on serait mariée au rejeton d'une famille royale étrangère, toujours ces froufrous de tulle, taffetas et mousseline, et interdiction d'éclater de rire, de dire un mot plus haut que l'autre, de courir à loisir ou de danser dans les couloirs, toujours ces déplacements à pas mesurés et glissants, et partout ces courtisans parfumés et poudrés, ces muscadins et ces flagorneurs pleins d'arrière-pensées, où qu'on aille, où qu'on soit et où qu'on regarde, nuit et jour le château fourmille de ces capons oisifs et inutiles, partout des laquais serviles, des galants imbus d'eux-mêmes, des chiens en rut et des cocottes dédaigneuses, à tous les coins sont postés à l'affût sangsues ou gitons grimés, nulle part on n'est à l'abri des parasites et intrigants, rampant comme des chiens, des jappements de ces sacs à puces frétillant de la queue, manipulateurs, fourbes enjôleurs avec leurs révérences affectées – on ne peut pas échapper à ce

château, que tu dois te représenter comme un gigantesque navire de croisière défraîchi. Ce navire a pris de l'âge, il est avarié et grince à toutes les extrémités et ses passagers s'ennuient terriblement, et pourtant personne ne descend à terre et personne ne monte à bord. De temps à autre, il y naît un enfant, ou bien quelqu'un meurt des suites d'une carie, de la syphilis ou de vieillesse, mais le navire ne jette l'ancre nulle part, jamais il n'est amarré, au lieu de quoi il tangue indéfiniment, sans but et sans énergie.

Élisabeth ne le supporte pas, elle veut débarquer de ce navire. Elle est une ado, ce qu'elle préférerait, c'est se barrer. Après le baptême de l'air de la montgolfière, elle demande l'autorisation d'être du vol suivant, mais c'est bien sûr hors de question. Sœur du roi, elle doit rester auprès de son frère tant qu'elle est célibataire ; et comme le roi ne quitte jamais Versailles, Élisabeth elle aussi reste prisonnière de cette vieille bâtisse pourrie.

Louis XVI règne sur le plus puissant et le plus beau royaume du monde, mais c'est un royaume qu'il ne connaît pas. Né au château de Versailles, il mourra tout près de là sous la guillotine et, de toute sa vie, il s'est à peine éloigné de Versailles. Jamais il n'a vu les Alpes, il ne connaît pas plus les châteaux de la Loire que la Bourgogne, pas plus la Provence que le Languedoc, sans parler de ses possessions françaises en Amérique et en Afrique, et il ne s'est jamais rendu dans les royaumes de ses alliés par le sang en Espagne, Autriche, Pologne, Sicile ou Saxe. Il reste tapi là avec sa famille, lui qui pourrait avoir le monde entier à ses pieds, dans le château centenaire de son arrière-arrière-grand-père, à tirer dans le parc sur du gibier qu'on a placé devant le canon de son fusil ; tout au plus va-t-il quelquefois à Paris, à l'Opéra, ou passer quelques jours dans l'un des châteaux secondaires des environs. Le roi de France n'a jamais vu le large, ni la Méditerranée ni l'Atlantique. Une seule fois, il s'est rendu pour quelques jours sur la Manche pour visiter les nouvelles fortifications du port de Cherbourg. Et là, Élisabeth n'eut pas le droit de l'accompagner.

La princesse s'ennuie à mourir, comme je l'ai dit, et elle se sent seule ; elle n'a pas un seul ami ni camarade de jeux parmi les cinq mille personnes vivant au château, car aucun autre enfant que ceux de la famille royale n'est admis à Versailles. Les parents et grands-parents d'Élisabeth sont morts depuis longtemps, et son frère, le roi, est un nigaud, débonnaire mais insipide, qui ne veut rien que manger, boire ou dormir. Son aînée de quatre ans, Clotilde, "Gros Madame", a été mariée en Italie ; quant aux tantes et cousines restées au château, ce sont des raseuses momifiées de leur vivant pour lesquelles la plus excitante des aventures consiste à aller s'asseoir dans le parc près d'un bassin et pêcher les truites que les laquais y ont lâchées pour elles.

Élisabeth ne supporte rien de tout cela, elle a besoin de grand air. Plusieurs fois par semaine, elle arrache sa perruque, essuie son visage fardé et échappe à ses gouvernantes. Elle connaît le moindre recoin, la moindre pierre du château, partout s'ouvrent pour elle les portes dérobées dans les tentures et au fond des placards, derrière lesquelles des escaliers à vis secrets mènent à de sombres couloirs de service et, au-delà, vers le grand air. Elle s'élance vers les écuries, elle choisit l'un des deux mille chevaux qu'elles abritent et va faire la course à cheval avec les dragons qui patrouillent dans le parc. Les dragons ne doivent bien évidemment pas organiser de courses dans les jardins royaux, ni pendant leur service ni hors de leur service, et moins encore avec des membres de la famille royale ; c'est tellement inconcevable que ce n'est même pas interdit. Mais Élisabeth chevauche à côté de la patrouille, sa monture danse, se cabre, fait des pirouettes, Élisabeth fait siffler sa cravache d'un air espiègle, jusqu'à ce que le premier cheval de la patrouille s'énerve et s'emballe, alors les autres chevaux s'emballent également et une course commence sans qu'on puisse vraiment prouver que c'en est une. Élisabeth gagne chaque fois, premièrement parce qu'elle monte comme un démon, deuxièmement parce qu'elle est petite et légère et ne porte ni sabre encombrant, ni armes à feu ou autres insignes.

La course terminée, les dragons laissent leurs chevaux ralentir et s'en retournent à leurs obligations de service. Élisabeth, elle, repart vers le mur de clôture du parc où se trouve, à moitié cachée par du lierre, une porte dont elle a la clé. Il serait vain de la chercher maintenant, car elle chevauche plus vite que tous les membres de sa famille, et elle ne souffrirait pas que quiconque n'étant pas de sang royal lui ordonne de rebrousser chemin.

Dès que le château est hors de vue, elle adopte un rythme plus calme. Elle flâne dans la nature, respire le parfum du monde, contemple la libre course des nuages au-dessus de ce paysage plat et écoute le chant des oiseaux. À midi, elle met pied à terre et s'étend dans l'herbe à l'ombre d'un arbre, et, plus tard, elle marche à travers la campagne, tenant le cheval par la bride derrière elle en regardant les paysans qui travaillent dans leurs champs. Elle aimerait s'approcher d'eux et leur parler, mais les paysans tournent le dos à la demoiselle et font mine de ne pas remarquer sa présence. Élisabeth a l'habitude. Il en va toujours ainsi.

Elle reprend sa chevauchée à travers champs et forêts et le long des canaux sur lesquels les péniches se font haler jusqu'à la capitale par de lourds chevaux de trait. Il arrive qu'une péniche accoste, Élisabeth demande alors aux bateliers de la laisser monter à bord. Les hommes n'osent pas le lui refuser, ils l'aident à monter sur le pont, attachent son cheval avec les autres à la corde de halage, puis ils larguent les amarres et, d'un coup de gaffe, éloignent l'embarcation du rivage tandis qu'Élisabeth s'assoit sur des cordages enroulés, étend ses jambes couvertes de bas de soie blanche et dit quelque chose de gentil sur le temps ou sur la propreté de la péniche. Elle souhaiterait ardemment qu'un de ces hommes lui adresse au moins une fois spontanément la parole, peut-être même en l'appelant par son prénom, mais ils ne le font pas. Les hommes ne lui disent pas un mot. Occupés par les gaffes et les cordages, ils font tout pour ne pas voir la princesse, car ils la craignent. À leurs yeux, ce baluchon de taffetas et de soie qui leur est arrivé soudain par-dessus le bastingage incarne la puissance de l'État et, en tant que telle, un danger mortel. Aussi longtemps qu'elle est à bord, la moindre parole déplacée, le moindre geste peut valoir au bateau la destruction et la mort. Ainsi les hommes s'efforcent-ils de regarder l'eau, rien que l'eau, jusqu'à ce qu'Élisabeth se résigne enfin et demande à être ramenée sur la terre ferme.

Ainsi passe le jour. Avant le coucher du soleil, elle fait faire demi-tour à sa monture et rentre au galop dans le parc du château, passant devant la caserne des Cent-Suisses où les soldats, sur leur couche, chantent leur lointain pays avec ferveur, en majeur et en mineur.

Élisabeth doit être de retour au plus tard pour le souper, c'est une loi intangible. Tant qu'elle est jeune, on lui passe ses fugues et autres incartades, mais elle n'en reste pas moins en captivité ; elle aurait beau monter le cheval le plus rapide du monde et avoir de l'argent plein les poches, elle ne pourrait échapper à sa cage dorée. Née princesse, elle mourra princesse, à moins de devenir abbesse ou d'épouser un monarque étranger. Mais ce serait passer d'une cage à une autre. Alors Élisabeth aime autant rester à Versailles. Une cage dont, au moins, elle a la clé.

Après le souper, elle va se coucher et lit en tapinois des livres qu'elle doit dissimuler à son frère et à ses gouvernantes ; des pièces de théâtre, des romans d'amour, et les nouveaux philosophes ; l'*Encyclopédie* de Diderot et d'Alembert, mais surtout Voltaire et Rousseau. Que la société humaine soit dépravée et corrompue, c'est ce que le spectacle quotidien offert par le château confirme sans ambages, et que l'homme simple et actif soit noble et bon à l'état naturel, elle l'observe chaque fois qu'elle s'en va chevaucher parmi les paysans, même si elle ne les aperçoit que de loin.

Élisabeth veut retourner à la nature. Elle ne veut plus être princesse ni continuer à habiter dans ce vieux château. Elle veut vivre dans une ferme, une vraie ferme avec des arbres fruitiers et des pâturages où paissent de vraies vaches, elle veut un potager et une basse-cour, et des filles et valets de ferme travailleurs et sains, bienveillants les uns envers les autres et heureux. Car le meilleur des mondes est possible si chaque humain cultive son jardin, à la place qui est la sienne, avec science et conscience ; la princesse veut y croire.

Quand Élisabeth souhaite quelque chose, elle s'adresse à son frère. Le roi Louis XVI est un être faible et ennuyeux, mais il adore sa petite sœur et exauce volontiers ses désirs ; c'est ainsi que, pour son dix-neuvième anniversaire, il lui offre une jolie petite ferme qui lui servira de passe-temps dans la journée. Mais durant les six années qui la séparent encore de sa majorité, elle devra être chaque jour de retour au château pour le souper, il y tient.

Le domaine de Montreuil est situé à une bonne lieue de Versailles, le long de l'avenue qui mène à Paris, tout près de la maison des castrats italiens du roi ; Louis l'a racheté à un aristocrate désargenté. Il comporte huit hectares de champs et de prairies, est entouré d'un mur couvert de lierre deux fois plus haut qu'un homme et sa porte d'entrée est gardée nuit et jour par un garde suisse. Au bout de l'allée se trouve une résidence campagnarde à un étage, assez délabrée, près d'une vacherie au toit de chaume où le bétail ne dort plus depuis longtemps ; de petits platanes poussent sur le tas de fumier. Derrière la maison se trouve un verger dont les arbres n'ont pas été taillés depuis belle lurette et un potager envahi par les ronces. Tout cela est encore couvert de ce brouillard soufré qui s'est répandu quelques semaines avant le dix-neuvième anniversaire d'Élisabeth.

Elle va et vient ici depuis quatre mois. Au début, elle se fait encore accompagner par ses dames de compagnie, mais elle leur préfère désormais les servantes et caméristes. Elle ordonne les premiers aménagements, faisant transporter ici ses deux mille livres, son clavecin et son billard. Elle y conduit parfois aussi des visiteurs – un petit orphelin de la ville auquel elle veut montrer le billard, ou une vieillarde malade trouvée sur le bas-côté qu'elle invite pour une tasse de thé, ou un valet de ferme auquel elle veut offrir un couteau.

Le garde suisse posté à l'entrée a tôt fait de s'accoutumer aux apparitions originales de la princesse. Mais lorsque le 19 septembre 1783 aux alentours de midi, elle se présente à cheval en compagnie d'un mouton, d'un canard et d'un coq à l'aile tordue, il n'en est pas moins ébaubi.

Les vivres ne sont pas abondants cet automne-là, Élisabeth le sait. Le brouillard jaune a été la cause de mauvaises récoltes, l'hiver est précoce. Le peuple a froid et faim. Élisabeth veut y remédier, sa ferme nourrira les indigents et les malheureux. Elle veut faire labourer les champs laissés à l'abandon, tailler les vieux arbres fruitiers noueux, cultiver le potager. Et les étables doivent être repeuplées. Oies et poules, moutons et cochons. Et des vaches. Surtout des vaches laitières.

De chaque chose Élisabeth ne veut que le meilleur, car sinon, logiquement, il ne serait pas possible de créer le meilleur des mondes. Elle entend faire venir ses volailles de Bresse et ses cochons des Flandres, de Bourgogne les bœufs pour la viande et du Brabant les chevaux de trait. Les vaches laitières, elles, doivent être suisses ; ce sont elles qui donnent le meilleur lait, c'est bien connu. Et elles devront donner beaucoup de lait, car nombreux sont les enfants des nécessiteux. Élisabeth, au souper, annoncera à son frère qu'elle voudrait un troupeau de vaches suisses. Si possible des fribourgeoises, tachetées, noir et blanc. Peu exigeantes, vigoureuses, elles ont la mamelle généreuse. Élisabeth l'a lu quelque part, peut-être chez Diderot.

La princesse se met à l'ouvrage. Il se peut qu'au-delà du mur d'enceinte de son domaine, deux millions de Français aient faim et froid, et qu'à Paris, à moins de deux heures en calèche, des dizaines de milliers de citadins vivent dans la saleté et la misère ; il se peut que partout dans le pays, les moulins à céréales soient à l'arrêt et que les fours à pain refroidissent, que les paysans se révoltent contre les taxes qui augmentent sans cesse et que les bourgeois amassent les armes à feu pour défendre leur argent contre le fisc ; il se peut que la France soit menacée de faillite à cause des guerres désastreuses menées en Amérique et de la prodigalité de la maison royale, et que dans les rues de Paris le peuple entonne déjà des chants de rébellion ; Élisabeth ne peut rien faire contre tout cela. À Montreuil, en revanche, elle n'est pas impuissante, elle peut agir. Ici, elle prouvera que le meilleur des mondes est possible.

À commencer par la topographie. Il n'est pas du goût de la princesse que les huit hectares de Montreuil forment une étendue entièrement plate ; n'est-ce pas l'image même du déclin achevé si la surface n'a plus aucun relief ? Élisabeth n'imagine pas son paradis ainsi. Elle aimerait bien une petite montagne couverte de forêt. L'inspecteur des Bâtiments du roi a d'ores et déjà dessiné un plan, bientôt les journaliers arriveront avec pelles et pioches pour entasser la terre. La montagne devra être suffisamment haute pour que, depuis le sommet, on puisse voir à l'est les toits de Paris et au sud le château de Versailles, tout proche, et sur ses flancs il poussera une forêt faite des espèces de la terre entière : pins de Macédoine, séquoias d'Amérique, chênes d'Angleterre et châtaigniers d'Italie, ginkgos du Japon, oliviers d'Espagne et cyprès du Liban, et aussi eucalyptus d'Australie, cèdres de Chine et bouleaux de Sibérie ; Élisabeth souhaite que le monde entier soit réuni dans sa forêt. Un charmant ruisseau gazouillera à travers la forêt, un pont arqué permettra de gagner une grotte d'amour construite artificiellement. L'eau du ruisseau sera amenée de la Seine par des kilomètres de tuyau et pompée jusqu'au sommet de la colline, et le cours d'eau formera une petite cascade avant d'arriver dans la plaine où il finira par se jeter dans une mare aux canards.

Les pâturages et les champs peuvent bien rester parfaitement plats, la tâche sera plus facile pour les paysans. La maison sera pourvue d'un étage supplémentaire et décorée dans le style classique, avec colonnes doriques et façade en pierres de taille. Les combles à la Mansart, sous une toiture en ardoise, abriteront les chambres des domestiques, l'étage les appartements privés de la princesse, avec bibliothèque, salle de billard, boudoir turc et une chambre jusque-là encore inutilisée ; au rez-de-chaussée seront les pièces de réception ainsi qu'une petite infirmerie où le médecin personnel d'Élisabeth soignera gratuitement les pauvres. Près de la maison d'habitation, on construira une chapelle romane à base circulaire dotée d'une coupole et, derrière, une habitation médiévale au toit de chaume pour la domesticité ainsi que des dépendances pittoresques toutes en longueur pour le petit et le gros bétail.

Au bout d'une année, les plus gros travaux de terrassement et de construction sont achevés et Élisabeth peut alors recruter du personnel supplémentaire : six servantes provençales pour l'entretien de la maison, un garde forestier et un garde-chasse pour les lièvres et cerfs que l'on veut placer dans la forêt ; et enfin un fermier normand pour l'agriculture ainsi que, pour lui prêter main-forte, quelques valets de ferme et des laitières bretonnes.

Dès la deuxième année, l'eau gazouille dans le ruisseau, les arbres poussent sur les flancs de la montagne et les prairies ont reverdi. La troisième année, le fermier cultive les premières pommes de terre et les premiers blés, et les poules pondent des œufs superbes tandis que paissent sur les prés les vaches et leurs veaux.

Tout va pour le mieux, mis à part les vaches laitières fribourgeoises qui causent du souci ; les valets de ferme ont du mal à les traire. De leurs mains rêches de Normands, ils s'en prennent bien trop grossièrement à leurs délicates mamelles suisses, dont il ne sort que des gouttes de lait. Les bêtes meuglent de douleur, leurs pis sont constamment enflammés. Les valets pestent, jurent et donnent des coups de pied aux vaches. Quand le fermier s'en aperçoit, il jure et peste à son tour, donne des coups de pied aux valets et tente de traire les vaches lui-même. Mais sous ses mains aussi, le lait refuse de couler, les vaches meuglent toujours. Et le fermier lui aussi de donner maintenant des coups de pied aux vaches, avant de demander audience à la princesse et de lui annoncer en triturant son couvre-chef que ces bêtes, s'il peut se permettre, ne sont bonnes à rien, qu'il faut les abattre et les remplacer par des vaches à lait normandes.

"Tu veux envoyer mes vaches à la boucherie ? demande Élisabeth.

— Oui, madame.

— Et pourquoi donc ?

— Parce qu'elles ne se laissent pas traire.

— Tu sais que ce sont des vaches laitières de Suisse ?

— Oui, madame.

— Les vaches laitières de Suisse ont été élevées expressément pour produire du lait. Être traites, c'est comme qui dirait le sens de leur vie.

— Je le sais bien, répond le fermier. Mais elles ne donnent pas de lait.

— Si douze vaches laitières de Suisse ne donnent pas de lait à un fermier, rétorque Élisabeth, le problème est plutôt, dirais-je, le fermier que les douze vaches. Dans ces conditions, je ne vois pas pourquoi ce serait les vaches qu'il faudrait conduire à l'abattoir."

Le fermier ne demande pas son reste, et s'estime content de n'être pas envoyé à la boucherie. Quant à Élisabeth, elle décide que la meilleure solution serait de faire traire ses fribourgeoises par un berger de Fribourg. Au souper, elle expose cette idée à son royal frère, qui lui promet de discuter la chose prochainement avec l'un de ses lèche-bottes suisses. Peut-être avec de Meuron, ou bien avec Besenval. Ou bien directement avec l'un des Fribourgeois, comment s'appelle-t-il donc déjà ? La Purée ou quelque chose comme ça. Ou de Weck. Drôles de noms. Et ils parlent un drôle de français. Et le bègue, comment s'appelle-t-il ? Ah oui, de Diesbach.

Arrivé à cet endroit de son récit, Max s'interrompit et prêta l'oreille dans l'habitacle. La respiration régulière de Tina lui avait fait comprendre qu'elle s'était endormie. Cela l'ayant ensommeillé lui aussi, il décida de s'accorder une pause. Il se cala dans son siège, posa les pieds sur le tableau de bord et, selon sa vieille habitude prise lors d'innombrables trajets en voiture ensemble, posa la main gauche sur la cuisse de Tina. Dans son sommeil, elle lui prit la main et la serra, puis Max s'endormit lui aussi.

Il se réveilla au bout d'une demi-heure, car il avait des fourmis dans les pieds. Il les ôta du tableau de bord, ce qui réveilla aussi Tina.

— Tu es réveillé ?

— Oui.

— Quelle heure est-il ?

— Deux heures et quart. Tu as froid ?

— Ça va. Mais qu'est-ce qu'il fait noir là-dedans.

— La neige nous a de nouveau recouverts.

— Heureusement que tu as un cadran phosphorescent, sinon nous ne saurions même pas si nous avons les yeux ouverts ou fermés.

Tina mit les essuie-glaces en marche, ce qui fit entrer un peu de lumière dans l'habitacle.

— Et puis ce silence quand tu t'arrêtes de raconter. Comme si l'obscurité ne suffisait pas. La nuit noire et un silence de mort, c'est comme si elle nous tenait déjà.

— Tu trouves que c'est silencieux ?

— Horriblement. Pas toi ?

— Il y a toujours ce bruit.

— Quel bruit ?

— Écoute.

— Je n'entends rien.

— Ce bruissement. C'est celui de la vallée. Dans les montagnes, chaque vallée a son propre bruit fondamental, sa fréquence propre, unique, impossible à confondre, comme une empreinte digitale.

— Tu m'en diras tant, rétorqua Tina. Sa fréquence propre ?

— Il est là constamment, ce bruissement, même si, dans la plupart des vallées, il est couvert par le bruissement du vent, de la circulation ou de la centrale de pompage-turbinage. Les chiens et les chats l'entendent jour et nuit et doivent s'y faire, tandis que les humains ne le perçoivent que dans des situations exceptionnelles. En des instants de grande solitude par exemple. Ou bien tard le soir. Ou bien pendant une randonnée solitaire en altitude.

— Tu racontes encore n'importe quoi, il n'y a aucun bruit. Et même s'il y en avait un, il serait absorbé par la neige. Ici, la neige absorbe tout. Elle a commencé par absorber le monde, puis toi et moi, et maintenant, c'est au tour de la lumière et du son. Plus de lumière, plus de son, nuit noire et silence de mort.

— Je l'entends, ce bruit.

— C'est celui que fait ton sang, dans sa fréquence propre. Ou bien le grésillement de ton logiciel entre le tympan et le tronc cérébral.

— Elle est bien bonne.

— Merci.

— Et chez toi en ce moment, comment ça se passe entre le tympan et le tronc cérébral ? Est-ce que ça ne vibrerait pas aussi un peu ?

— Il règne un silence cristallin. Merci de t'en inquiéter.

— Je suis content de te l'entendre dire. Il me semblait avoir justement entendu une légère vibration. Je continue à raconter ?

— Volontiers. J'ai manqué quelque chose tout à l'heure ?

— Qu'est-ce que tu te rappelles avoir entendu ?

— La princesse. Ce nigaud de roi, dans sa vieille baraque vétuste. La ferme de poupée à Montreuil.

— Les vaches fribourgeoises ?

— Ah non.

— La princesse a des fribourgeoises dans sa ferme. Et maintenant, elle veut un berger fribourgeois pour garder les vaches.

— Et puis ?

— Retournons en Gruyère. Un jour de novembre 1787, au petit matin, un soldat étranger arrive et fait le tour de la bourgade. Les habitants le remarquent, avec son uniforme rouge et blanc de caporal. On commence à jaser. Quelqu'un le connaît, celui-là ? Jamais vu. On le connaîtrait s'il était d'ici, donc ce doit être un étranger. Sabre sur la gauche, escarcelle bien remplie sur la droite, insignes de caporal sur les manches, veste à boutons dorés, bottes noires astiquées, tricorne.

L'homme a la démarche nonchalante d'un soldat et le regard mélancolique d'un vieux guerrier, il ne visite pas la ville comme le ferait un étranger curieux, mais comme quelqu'un qui se rappelle le passé. Il regarde attentivement l'église et la place du marché déserte, puis il s'assoit sur le banc placé sous le vieux tilleul dépouillé, étend les jambes et se réchauffe au soleil matinal. La température est exceptionnellement clémente pour novembre, depuis des jours, des vents rabattants chauds et printaniers descendent des montagnes ; dans la campagne, les fermiers craignent déjà que les cerisiers puissent bourgeonner encore avant l'hiver.

D'où peut-il donc bien venir, ce soldat ? Que vient-il faire ici ? Quand l'église sonne les douze coups de midi, il se lève, bâille, s'étire et traverse la place pour entrer dans l'auberge de L'Épée couronnée. Il déjeune d'un rôti de bœuf avec galette de pommes de terre et chou rouge accompagné d'un pot de vin de pomme. Il retourne ensuite à son banc, où il reste assis encore deux heures. On dirait qu'il attend quelqu'un. Qui cela peut-il bien être ? Espérons qu'il partira bientôt, les soldats n'amènent que des ennuis. Ils peuvent être bons pour le commerce, surtout quand ils arrivent en grand nombre. Mais ils amènent toujours des ennuis, seuls ou en nombre.

Lorsque le soleil disparaît derrière le toit d'une maison, le soldat se lève, traverse la place du marché et arpente la grand-rue. Il jette des regards bienveillants aux boutiques sur sa droite et sa gauche, mais sans entrer nulle part. Arrivé enfin devant l'Hôtel de la Couronne, il pousse la porte et s'inscrit dans le registre sous le nom de Jacques Bosson. Cela fait huit ans qu'il porte ce nom. Au premier jour de son service à Cherbourg, il avait compris que les Français n'arriveraient jamais à prononcer son nom.

Trois jours plus tard, c'est jour de marché. Les paysans débouchent sur la place avec leurs charrettes de légumes. La douceur est toujours printanière. Marie Magnin est partie pour la bourgade dès l'aube. Elle fait briller les fruits et les légumes et les range soigneusement, elle compte la monnaie dans la caisse et met de côté le droit d'étal qu'elle donnera au percepteur. Après quoi elle va à l'étal de sa voisine boire un thé avec elle.

Un soldat s'approche alors de son étal. Marie le remarque. Lentement elle repose sa tasse. Les autres marchands aussi ont déjà vu ce soldat, tout comme les bourgeoises avec leur cabas. Tous les regards sont dirigés vers le soldat qui se tient devant l'étal de Marie. Marie se lève et retourne à son étal.

Elle salue le soldat et lui demande ce qu'il souhaite.

"Des fruits, dit-il. Ou des légumes.

— Volontiers, dit Marie. L'étal entier est à sa disposition.

— Et tout est-il bien frais ? s'enquiert le soldat.

— Aussi frais qu'au premier jour", dit Marie.

C'est donc parfait et il en est fort content, dit-il, ajoutant qu'elle ne peut guère imaginer à quel point il en est content.

Marie demande dans quelle monnaie monsieur entend payer.

"En ducats, dit le soldat, en bons et solides ducats d'or. Ils ne s'usent pas et gardent leur valeur. Une vie entière."

Elle est bien disposée à le croire, dit Marie, elle le croit très volontiers. Elle voit que le soldat rougit. Elle rougit aussi.

Il dit qu'il voudrait une livre de pommes.

"Des boskoops ?" demande-t-elle.

Le soldat fait oui de la tête. Marie pose trois pommes et un poids sur la balance, puis elle lui tend les pommes. Le soldat les met dans sa poche et tire une pièce de son escarcelle. Elle lui tend sa paume ouverte, il lui tend la pièce. Mais au dernier moment, il referme la main sur la pièce entre ses doigts et place son poing dans la paume de Marie, dont les doigts se referment sur le poing. Elle et lui ne restent ainsi qu'une seconde, premier contact depuis huit années, puis il ouvre le poing et laisse glisser la pièce dans la main de Marie.

"Merci bien", dit Marie.

Le soldat porte le bout des doigts de sa main droite au bord de son couvre-chef et s'en va. Tous les paysans et bourgeois rassemblés sur la place du marché le suivent de leurs regards ébahis.

Le même soir, alors que le fermier Magnin, assis sur son banc près des poiriers en espalier, fume sa pipe du soir dans la tiédeur du foehn, la nièce du curé arrive sur la route en boitillant. Mon Dieu, pense le fermier, qu'est-ce qu'elle me veut cette fois, cette espèce de pruneau desséché.

"Salut, Mathilde, grogne-t-il sans ôter la pipe de sa bouche. Tu viens voir Marie ?

— C'est pour les noisettes dans le bois paroissial, répond Mathilde dans un souffle. Elles sont mûres."

Le fermier est sidéré. Il n'aurait pas cru que cette pelote ratatinée aurait jamais le culot de reparler des noisettes du bois paroissial en sa présence et dans sa ferme. C'est tellement insolent que ça ne peut être qu'anodin. Allons, se dit le fermier, toute cette histoire, ça remonte à quelques années.

"D'accord, dit-il, Marie est aux poules. Allez, cours."

C'est ainsi que les deux jeunes femmes plus toutes jeunes s'en vont, tout comme jadis, au bois paroissial, sauf que cette fois, ce n'est pas un garçon vacher qui les attend pieds nus sur la route, mais un beau soldat aux boutons d'uniforme rutilants et coiffé d'un tricorne. Sa main droite est posée sur le pommeau de son sabre et, de la gauche, il tient la poignée d'une porte. La porte est fixée à une calèche. La calèche est attelée de deux chevaux qui, oreilles plaquées en arrière, attendent les ordres du cocher. Ce dernier, perché sur son siège, regarde l'horizon d'un air las.

Le soldat aide Marie et Mathilde à monter, le cocher tire sur les rênes et claque de la langue, et la calèche se met en route pour une auberge de campagne. L'air est toujours printanier, la terrasse à l'ombre des marronniers est bondée. Marie trouve une table libre, Jakob commande d'abord du vin, puis du lard, du fromage et du pain. Ils mangent et boivent, rient et parlent de tout et de rien, peu importe de quoi. Marie raconte les dernières nouveautés de la navigation en ballon, le ballon à air chaud est passé de mode, ceux chauffés au gaz sont plus efficaces et plus sûrs. Jakob parle des cachalots qui passent au large des côtes normandes. Mathilde révèle l'astuce qu'utilise son oncle le Vendredi saint pour faire saigner les plaies du Christ.

Quand l'obscurité vient, l'aubergiste installe des lanternes. On entend le clapotis d'une fontaine, à l'étable le bétail gémit dans son sommeil. Plus tard, le foehn tombe subitement, une brise fraîche se met à souffler du nord-est ; en l'espace d'une heure, l'hiver arrive au pays de la Gruyère. Tous les autres clients sont partis depuis longtemps, il est temps de lever le camp. Marie, Mathilde et Jakob se lèvent et vont à la calèche. Il flotte une odeur de neige. L'aubergiste emporte les chaises à la grange. Plus personne ne s'assiéra sous les marronniers avant le printemps prochain.

La calèche commence par reconduire Mathilde au presbytère, puis elle gagne la ferme Magnin. On entend les roues crisser dans le silence de la nuit. Les premiers flocons de neige dansent devant la lanterne fixée à la porte. Les chevaux renâclent. Jakob descend en premier, puis Marie. Jakob parle tout bas au cocher en flattant le cou d'un cheval. Marie traverse la cour et s'arrête au pied du perron. La porte s'ouvre violemment, le fermier surgit, ventre au vent, le crâne rouge de fureur. Il hurle, il enrage, ses fils et ses valets doivent le retenir par les bras et la culotte.

Marie se tient au pied de l'escalier, bras croisés, les yeux levés vers son père. Jakob se tient à l'écart dans la pénombre et caresse le cheval, la lumière de la lanterne miroite sur son sabre. Le cocher, indifférent, regarde la nuit. La neige commence vraiment à tomber.

Le fermier s'efforce de se dégager de ses fils pour dévaler l'escalier et se précipiter sur sa fille en hurlant qu'on lui apporte un fouet, une fourche, le pistolet. Marie l'écoute quelques instants, attendant. Mais comme ces hurlements ne cessent pas, elle a un geste inattendu : elle frappe dans ses mains. Deux fois, clap clap. Le fermier, ébahi, se tait. Jamais encore on n'a osé le faire taire comme on s'y prend avec un chien. Sa fille est tout aussi éberluée de constater que cela a marché. Voilà ce qu'on aurait dû savoir bien plus tôt.

“Père, écoute-moi, dit Marie. Je vais m'en aller dans les montagnes avec Jakob et je passerai l'hiver avec lui. Je suis majeure et je peux agir comme bon me semble. Je connais les conséquences possibles, je les supporterai patiemment. Je reviendrai passé Pâques, et nous verrons. Pour l'instant, adieu.”

Quand Marie se retourne et disparaît dans l'obscurité de la calèche, le fermier se remet à pester et à vociférer. Il jure qu'il connaît très bien le chemin de la cabane, puis il décrit à Jakob les tortures par lesquelles il le fera passer de vie à trépas. Jakob l'écoute quelques instants avant de lever la main droite d'un geste d'apaisement. Et cette fois encore, cela marche. Le fermier, de nouveau ébahi, se tait.

“Ne fais pas le tocson, fermier, dit Jakob sans hausser le ton et aimablement, restons-en là. Marie et moi, nous partons, tu ne peux rien contre. Les temps changent, accepte-le et laisse les choses se faire. Et surtout, fermier : ne t'avise pas de venir me trouver à l'alpage. Si tu mets un pied sur mes terres, je t'abattrai d'un coup de feu, et ce sera de la légitime défense, je serai dans mon droit. J'ai un fusil français tout neuf, je t'atteindrai entre les deux yeux à cinq cents mètres de distance. Ça ira très vite, tu seras mort avant même de t'effondrer. Réfléchis, fermier. Raisonne-toi et restes-en là.”

C'est là, et de loin, le plus long discours que Jakob ait jamais tenu dans sa vie. Il flatte encore une fois l'encolure du cheval, puis rejoint Marie dans la calèche et ferme la portière. Le cocher claque de la langue et tire sur les rênes. Les roues laissent une marque dans le duvet de neige, bientôt recouverte d'une nouvelle neige. Il neige toute la nuit tandis que la calèche monte jusqu'au col de Bellegarde.

Il neige encore lorsque la calèche vide redescend dans la vallée dans la lumière du nouveau matin, et il continue à neiger tandis que Marie et Jakob marchent à pas lourds à travers la poudreuse, s'enfonçant jusqu'aux genoux, pour gagner la cabane. Huit années se sont écoulées depuis la dernière fois qu'ils sont venus ici. Jakob grimpe avec une hotte remplie de provisions.

La porte d'entrée est bloquée par une masse de neige, que Jakob doit dégager à la pelle. Puis ils entrent et ne ressortent pas pendant cinq jours et cinq nuits. Il neige nuit et jour, la cabane est engloutie sous la neige. Il sort parfois de la fumée par la cheminée, la lumière tremblotante d'une bougie de suif brille de temps en temps à la fenêtre. À une bonne distance de là, depuis un promontoire, les chamois observent la cabane et, aucun humain n'en sortant, ils descendent prudemment jusqu'à l'alpage à la recherche d'herbe et de mousse sous la neige.

Il souffle un vent du nord cinglant qui balaie la neige et aplanit le paysage. Dans la plaine, les rues, les ruisseaux et les creux disparaissent sous la couverture blanche ; dans les montagnes, le fond des vallées se remplit de neige ; dès le deuxième jour, toutes les routes de cols, sentiers muletiers et chemins forestiers sont impraticables. Qui est maintenant dans la montagne devra rester là-haut longtemps, et qui voudrait encore y monter devra patienter jusqu'au printemps.

Au petit matin du sixième jour, la neige cesse subitement de tomber. Les nuages se déchirent et s'éloignent, à midi le soleil illumine un ciel d'hiver bleu acier. Au pignon de la cabane une lucarne s'ouvre en grinçant, le bruit fait s'envoler à grands coups d'ailes les chocards posés sur le toit, et Jakob se hisse jusque-là puis se laisse tomber dans la neige. Il dégage la porte d'entrée et la fenêtre, puis disparaît de nouveau dans la cabane. Et les chamois ont encore trois jours de plus pour brouter l'alpage.

Marie et Jakob passent là tout l'hiver. Les jours de beau temps, ils sortent faire de la luge ou chasser le chamois, ils lavent leur linge en plein air et l'étendent au soleil. S'il neige ou tempête, ils restent dans la cabane, parfois plusieurs jours d'affilée. Pour la Saint-Sylvestre, ils construisent un engin à air chaud et, à minuit, le font monter dans le ciel. Et puis les jours rallongent. La neige commence à fondre ; l'après-midi, des avalanches dévalent les pentes en grondant. Les sentiers et les routes des cols restent longtemps impraticables, mais, sur les versants d'adret, on aperçoit des parcelles herbeuses.

Les marmottes sortent de leur sommeil hivernal car l'eau de la fonte inonde leurs terriers. Elles rampent vers la lumière du jour et étirent leurs membres engourdis ; après un jeûne de six mois, elles ne sont plus que pelage et os. Mais avant de partir se mettre en quête de nourriture, elles se retrouvent sur le pâturage, petites pelotes de poils tournicotantes, frémissantes, haletantes et copulantes, car le temps est court en altitude ; qui veut avant le prochain hiver engendrer, porter et nourrir suffisamment une progéniture n'a pas le droit de perdre de temps.

Marie et Jakob sont étendus au soleil sur une couverture de laine, boivent de l'eau de source et mâchent de la viande de chamois séchée. Elle a la tête blottie sur son bras, il chante une chanson apprise à Cherbourg.

— Veux-tu que je te chante la chanson de Jakob ?
— Oh oui, dit Tina.

À la claire fontaine
M'en allant promener
J'ai trouvé l'eau si belle
Que je m'y suis baigné
Il y a longtemps que je t'aime,
Jamais je ne t'oublierai.
Sous les feuilles d'un chêne,
Je me suis fait sécher.
Sur la plus haute branche,
Le rossignol chantait.
Il y a longtemps que je t'aime,
Jamais je ne t'oublierai.
Chante, rossignol, chante,
Toi qui as le cœur gai.
Tu as le cœur à rire…
Moi je l'ai à pleurer.

— C'est beau, dit Tina. Dis-moi, penses-tu que la fille soit enceinte ?
— Pas à ma connaissance.
— Bizarre. Ils sont tous les deux beaux et en bonne santé, jeunes et amoureux, et passent ensemble six mois bloqués par la neige, sans être observés par quiconque et sans guère d'occupations dans leur cabane d'alpage, et ce sont probablement de nombreuses heures agréables et harmonieuses sur la peau d'ours étalée devant l'âtre – et elle ne serait pas enceinte ?
— Qu'est-ce que j'en sais. Un caprice de la nature.

— Est-ce qu'ils se seraient disputés ? Il y a de quoi devenir fou, tu sais, à être enfermé comme ça si longtemps.

— Tu deviendrais folle, toi, avec moi ?

— Marie est peut-être tombée malade. Ou bien Jakob a un problème avec son machin.

— Il n'a aucun problème avec son machin.

— Je ne serais pas surprise qu'il ait un problème avec son machin. C'est fréquent chez ces tarzans. Surtout chez eux.

— Est-ce que tu vas arrêter ? Je te dis qu'il n'a pas de problème avec son machin.

— Et tu tiens ça d'où ?

— Je le sais, un point, c'est tout. Tu verras.

— Et puis comment sais-tu que Marie n'est pas enceinte ?

— Parce qu'aucun des registres paroissiaux de la Gruyère ne mentionne un enfant né d'une Marie Magnin à cette époque.

— Tu as vérifié tous les registres ?

— Bien sûr.

— Elle a peut-être perdu un enfant au cours de la grossesse, ou bien il est mort-né. Ça arrivait souvent, ces choses-là, autrefois.

— Possible. Mais je suggère que nous ne nous égarions pas dans le vaste champ des spéculations urologiques et gynécologiques.

— Ça t'embarrasserait.

— Nous disposons de trop peu de faits.

— Tu trouverais inappétissantes ces histoires de bas-ventre.

— Et indiscrètes. Quoi qu'il en soit, Marie et Jakob sont étendus au soleil sur une couverture en laine par cette après-midi de printemps lorsque, venant de la vallée, leur parviennent des bruits de sabots et des voix d'hommes. C'est la visite qu'ils attendaient depuis le début de la fonte des neiges. Jakob va chercher dans la cabane leurs sacs à dos déjà prêts et le fusil, puis ils grimpent le versant jusqu'à leur cachette.

Loin en dessous, sur l'alpage, deux soldats en uniforme rouge et blanc de l'infanterie sortent de la pénombre de la forêt d'épicéas, suivis de quatre chevaux. D'un côté, c'est bon signe, car cela signifie que les soldats n'ont pas l'intention de fusiller Jakob tout de suite ni de le faire prisonnier pour le traîner, enchaîné, jusque dans la vallée. D'un autre côté, cela signifie aussi qu'ils ont reçu des ordres sans équivoque et ne repartiront pas bredouilles.

"Hé, Jakob, lance l'un des soldats. Descends ! C'est le printemps, on t'attend dans la vallée !"

La montagne répond par le silence. Ses flancs ne résonnent que d'un faible écho.

"Jakob, crie une nouvelle fois le soldat. Ne complique pas les choses, descends ! Regarde, nous avons deux chevaux pour vous ! Et des vêtements propres ! Je parierais qu'après l'hiver passé ici, vous sentez aussi mauvais que des putois.

— Dis au fermier qu'il nous laisse tranquilles !

— Lui, il vous laissera tranquilles !

— Ah bon ?

— Si ça ne tient qu'à lui, tu peux moisir là-haut !

— Et Marie ?

— Elle aussi, elle peut moisir ! Mais elle peut aussi rentrer chez elle, si elle veut, le fermier ne la battra pas à mort !

— Qui est-ce qui dit ça ?

— Le fermier !

— Alors pourquoi êtes-vous là ?
— Sur ordre du capitaine !
— De quel capitaine ?
— Ben, de notre capitaine, espèce de butor ! Benjamin von der Weid, capitaine de la troisième compagnie du régiment de Waldner !
— Je lui chie dans son bonnet ! J'ai été libéré comme il faut !
— Le capitaine te chie aussi dans ton bonnet ! Mais il a reçu l'ordre de te faire descendre de là où tu es !
— Un ordre de qui ?
— Du roi !
— Quel roi ?
— Le roi de France, crétin ! Louis XVI demande que tu descendes sur-le-champ !
— Le roi ? Moi ? Pourquoi ?
— Descends, nom de nom !
— Et Marie ?
— Le roi ne la réclame pas. Elle peut moisir ici, je t'ai dit.
— Et si nous ne descendons pas ?
— Alors nous viendrons te chercher ! Le capitaine a cent chasseurs alpins, ils arriveront bien à t'attraper.
— C'est ce qu'on va voir.
— Il faudra bien que tu dormes. Une compagnie de cent hommes, ça ne dort jamais. Alors ne fais pas ces manières et descends, Jakob ! Et ne tente pas de t'enfuir ! Il n'y a aucun endroit au monde où le roi de France ne puisse pas te trouver !"

Et les cris cessent, les cimes replongent dans le silence. Marie et Jakob, au lieu de redescendre vers l'alpage, s'installent confortablement dans leur cachette entre des peaux d'ours. Les soldats prennent place sur le banc devant la cabane de fromager, débouchent une bouteille d'eau-de-vie de poire et la vident peu à peu. Sur les flancs des montagnes, les champs de neige virent au jaune et au rose, puis au violet et au bleu pâle. Quand la nuit tombe, les soldats sont agréablement réchauffés et fatigués par l'eau-de-vie. Ils entrent dans la cabane et se couchent sur la paillasse de Jakob.

Le lendemain matin, on aperçoit de la fumée par la cheminée. Les soldats sortent et recommencent à appeler Jakob, qui ne se montre pas. Il ne se passe rien de toute la journée. Près des éperons rocheux, les chamois guettent pour voir si la voie est libre. De nouveau les versants virent au violet et au bleu pâle, de nouveau les soldats s'enivrent et vont se coucher dans la cabane.

Ainsi passent trois jours. Quand les soldats se réveillent au matin du quatrième jour, il n'y a plus que deux chevaux devant la cabane, les empreintes laissées par les deux autres descendent le versant puis se perdent dans le vert frais du vallon fleuri. J'aime bien me représenter Marie et Jakob sur leurs montures, chevauchant depuis les montagnes enneigées jusqu'aux étendues où arrive le printemps, heureux ensemble, prêts à affronter le malheur qui approche, une nouvelle et inéluctable séparation, après six mois ensemble à l'écart du monde.

Pour être près l'un de l'autre, Jakob et Marie sont montés sur le même cheval, tandis que l'autre trotte derrière eux et se repose. Ils ont beau flâner, la belle route menant depuis le col de Bellegarde jusqu'en Gruyère ne peut pas prendre plus que quelques heures, l'instant finira par arriver où il leur faudra se dire adieu, à un carrefour, à l'ombre d'un arbre, derrière une grange. Un dernier baiser, une dernière étreinte tandis que les chevaux, indifférents, mangeront les pousses de pissenlit sur le bas-côté, des serments chuchotés dans la lumière du jour qui s'enfuit, murmures inarticulés, larmes au coin des yeux, puis une étreinte, et une autre, encore une autre…

— Qu'est-ce qu'ils ont fait des chevaux ? demanda Tina.

— Eh, tu es réveillée ! Bonjour !

— Bonjour. Pour moi, ce sera un double express, deux toasts et un œuf à la coque, trois minutes. Quelle heure est-il ?

— Quatre heures moins dix.

— Alors j'attends encore un peu pour le petit-déjeuner. Raconte-moi plutôt ce que sont devenus les chevaux.

— C'est ça que tu veux savoir ?

— Bien sûr.

— Ça n'a aucune importance. Les chevaux n'ont plus rien à voir du tout là-dedans.

— Pourquoi ?

— Parce qu'ils ne jouent plus aucun rôle dans l'histoire.

— Ils disparaissent comme ça ?

— Exactement. Ils disparaissent comme ils ont apparu.

— Deux chevaux, ce n'est pas rien. Ils ne s'évanouissent pas comme ça.

— Eh bien si. Avec le temps, tout s'évanouit. Et une fois qu'il n'y a plus rien, l'histoire est finie.

— Pas vraiment, n'est-ce pas ?

— Pas à strictement parler, bien sûr.

— Bon alors, et ces chevaux ? Est-ce que Marie et Jakob mettent simplement pied à terre et donnent une tape à leurs montures ? Bonne chance, les alezans, vous êtes libres, retournez maintenant dans la savane ?

— Comme tu voudras. L'un des chevaux, l'ardennais aux paturons tachés de blanc et à crinière noire, appartient au fermier, c'est sur lui que Marie rentre chez elle. Lorsqu'elle entre dans la ferme paternelle, c'est l'heure du souper, on se met à table. Marie desselle sa monture, la bouchonne et la conduit à l'écurie. Puis elle se rend dans la salle à manger et, après presque six mois d'absence, s'assoit sans un mot à sa place habituelle. Pendant ce temps, la famille soupe, taciturne comme toujours, et fait comme si de rien n'était. Je te raconte l'histoire du cheval jusqu'à sa belle mort ?

— Et l'autre cheval ?

— Le pur-sang noir aux pattes arrière blanches ? Celui-là appartient au capitaine. Jakob chevauche jusqu'à Fribourg et le rend à la caserne, car il sait qu'il n'irait pas bien loin avec ce cheval ; enlever une fille de fermier majeure, ça passe, mais pour un vol de cheval on encourt les galères. Cela fait, il se fait annoncer chez le capitaine von der Weid. On lui remet son ordre de marche et il part pour Versailles.

En toutes saisons, la circulation est dense sur la vieille route militaire qui traverse le Jura puis la Bourgogne pour mener à Paris. Par temps sec, elle est envahie d'un nuage de poussière, par temps pluvieux elle n'est que gadoue. Jour après jour, du petit matin jusqu'à une heure tardive, un serpent monstrueux, haletant, suant et puant, fait de chars à bœufs surchargés, de calèches, vagabonds, trimardeurs, vivandières, pèlerins, truands et soldats avance dans les deux sens sur le gravier, et comme tout ce qui vit doit à l'occasion se soulager et meurt un jour ou l'autre, de part et d'autre de la chaussée s'étend, sur des centaines de lieues, une fosse continue d'excréments, de pisse et de cadavres d'animaux à tous les stades de la décomposition, attirant par la puanteur tout ce que les environs comptent de moustiques, taons, mouches bleues et mouches à merde. Des nuages noirs d'insectes s'attaquent d'abord au purin, puis aux êtres à sang chaud, léchant leur sueur, leur suçant le sang et leur laissant des maladies dont elles ont précédemment aspiré les germes sur d'autres êtres à sang chaud. Si une monture tombe malade, toutes les autres le sont aussi, si un bœuf est atteint, tous les autres le sont aussi. Si un humain tombe malade, les moustiques, sans considération de personnes, veillent à ce que le mal se propage à tous les humains d'une manière véritablement égalitaire, et si l'un des chevaux s'effondre dans la poussière pour mourir sur le bas-côté, les nécrophores arrivent par myriades et, à peine la bête est-elle morte, déposent leurs œufs dans sa chair encore chaude. On se demande toujours d'où viennent toutes ces bestioles et comment elles apprennent si vite qu'une nouvelle carcasse est prête à les accueillir, c'est comme si elles avaient des dons prophétiques et pouvaient communiquer entre elles de manière métaphysique, par télépathie, ou peut-être de manière biochimique…

— Tu t'éloignes un peu de ton sujet, je crains, dit Tina. Je connais ta haine pour les insectes.

— Ce n'est pas de la haine, rétorqua Max. Je leur souhaite une vie courte, conformément à leur espèce. Il est important que ces bestioles meurent vite, la brièveté de leur existence est une condition vitale pour la partie plus attirante de la création divine.

— Je sais.

— Il suffirait que les insectes de la terre aient une espérance de vie de trois mois pour qu'au bout d'un an, la planète entière soit recouverte d'une couche de chitine vivante de quatorze mètres d'épaisseur.

— C'est juste.

— Des chercheurs britanniques ont fait le calcul.

— Je sais.

— Possible que je te l'aie déjà dit.

— Tout à fait. Et comment ça continue, sur cette route ?

— Je veux simplement dire que cette route, à cause des insectes, est un endroit plutôt insalubre. À cela s'ajoutent les maladies que les humains se passent directement, sans l'action de ces hôtes transitoires, du seul fait que pendant leur voyage ils boivent aux mêmes bouteilles, toussent, mangent avec les mêmes cuillers, frottent leurs corps en sueur les uns contre les autres et dorment la nuit les uns à côté des autres dans la paille.

Cette route longue de quatre cents lieues est ainsi un foyer de malaria, de dysenterie, de typhus, de variole, de charbon, de lèpre, de gonorrhée, de syphilis, de chancre et de choléra, et comme Jakob sait tout cela, il se tient à l'écart. Il marche à bonne distance du fossé, des nuages de mouches et de ses semblables contaminés, il marche tout seul à côté de la route, chaque pas l'éloignant de sa bien-aimée, toujours vers l'ouest, vers le couchant, tantôt sur des chemins agricoles, tantôt à travers prairies, champs et forêts.

C'est le printemps, les pommiers sont en fleur. De jour, le coucou chante, et de nuit, le rossignol. Jakob traverse en solitaire les sombres forêts du Jura et de Franche-Comté, puis le paysage ondoyant de Bourgogne, avec ses champs, pacages et vignobles, le cœur lourd et conscient que ce printemps le rapprochera, sans sa bien-aimée, de l'automne de sa vie, mais il marche d'un bon pas, résolu à aller son chemin jusqu'au jour où il retrouvera Marie.

J'aime l'imaginer marchant surtout la nuit pour éviter les rencontres désagréables avec carabiniers, douaniers ou paysans querelleurs. Ombre solitaire, il traverse champs et forêts sous l'éclat de la lune, effraie les chevreuils dans les sous-bois et alerte les chiens de garde dans des fermes à moitié en ruine ; mais Jakob a disparu derrière la prochaine colline avant même que les bêtes se soient apaisées. Dans les sous-bois, il ne craint pas les buissons épineux, car au lieu de chaussettes russes comme les bouviers qui marchent sur la route, il porte ses bottes de l'armée qui lui arrivent aux genoux et qui, après huit ans de service, épousent parfaitement ses pieds. Il se nourrit de baies qu'il cueille en forêt et de viande séchée qu'il achète de temps en temps à un paysan et, la nuit, en des lieux retirés où personne ne peut apercevoir son feu de camp, il se prépare son gruau d'avoine sur une petite flamme. Quand, à l'est, le jour se lève, il se met à la recherche d'un étang écarté ou d'un ruisseau où il prend un bain rapide avant de s'étendre dans un grenier à foin ou dans une ferme abandonnée et de dormir toute la journée comme un mort-vivant, tandis qu'au-dessus de lui les faîtes des arbres bruissent, que la caravane passe sur la chaussée et que tout là-haut dans le ciel les milans poussent leurs cris.

Durant son voyage, il évite soigneusement tous les villages et toutes les villes, il n'aperçoit que de loin les contours de Besançon, Dijon et Châteauneuf. Quand, la vingtième nuit, il voit surgir sur sa droite les tours imposantes de la cathédrale de Paris, il se retire prudemment dans la forêt et contourne de loin la grande ville. Le lendemain après-midi, il arrive par le sud à Versailles.

La première impression que Jakob a du château est une phénoménale puanteur ; une odeur d'ammoniac, incroyablement piquante, âcre, irritante et insupportable, un vent de putréfaction, de pourriture, de porcherie et de latrines humaines – le château de Versailles répand sa puanteur dans le pays comme de gigantesques chiottes. Car ce sont de gigantesques chiottes. Le château ne dispose, pour les cinq mille personnes qui l'habitent, que de quatre lieux d'aisances nettoyés à l'eau, dont deux sont hors d'usage depuis des décennies et le troisième réservé à la famille royale, ce qui fait que le quatrième est dans un état défiant toute description. Aussi les laquais et les courtisans font-ils leurs besoins là où ils le peuvent et comme ils le peuvent, dans des pots, brocs et bouteilles qu'il faut bien vider quelque part, sous les escaliers et derrière les portes, par les fenêtres, dans les recoins obscurs, à l'extérieur derrière les buissons et au pied des statues de marbre – et, cette nécessité étant commune à tous depuis des générations, ils le font depuis longtemps sans la moindre pudeur.

Jakob se noue un tissu autour de la bouche et du nez et avance vaillamment en direction de cette pestilence. Il trouve une porte ouverte dans le mur d'enceinte du parc du château. Elle n'est pas gardée, quelques mendiants dorment dans cette entrée, Jakob passe. Il s'étonne que nul ne l'arrête.

Une vaste allée traverse une chênaie claire et espacée. Au bord du chemin se tient un homme au visage poudré, aux lèvres maladivement rouges, culotte déboutonnée, se soulageant placidement contre un platane. Plus loin, une femme, la crinoline retroussée, est accroupie dans le sous-bois. Une troupe de dragons passe à cheval. Deux laquais font traverser l'allée à une chaise à porteurs aux lourds motifs dorés, où est assise une femme dissimulant son visage derrière un masque vénitien. Jakob la suit des yeux, la femme se retourne vers lui avec son masque, comme un spectre.

Au fur et à mesure que Jakob se rapproche du château, la puanteur des excréments se mêle d'une note un peu plus douce de matières brûlées refroidies ; une odeur aigre de charbon humide et de suie, de poix et de soufre, de fumée et de cendre. Le château sent comme s'il venait de brûler. Et il en a aussi l'allure.

Versailles est tout noir. Noirs sont les murs jadis couleur grès clair de la façade côté jardin, et noires les corniches, noires les colonnes aux chapiteaux corinthiens, noires les balustrades devant les fenêtres qui prennent l'eau et noires les statues devant les gouttières – le château tout entier est noir de la fumée de plus de mille foyers ouverts dans les mille cheminées ouvertes et qui tirent mal et par lesquelles les habitants du château tentent de se donner depuis plus d'un siècle une illusion de confort dans les pièces aux plafonds bien trop hauts ; noir aussi de la suie des dizaines de milliers de lampes à huile et des centaines de milliers de chandelles allumées soir après soir. Le château de Versailles paraît dévasté par le feu. Et il sent ainsi. Comme des latrines après un incendie.

Jakob arrive devant un large canal fangeux et couvert de nénuphars formant une croix dont les branches vont aux quatre points cardinaux. Il suit la branche sud jusqu'à la croisée, puis la branche est jusqu'à son extrémité. De là, un perron arrondi monte vers une large terrasse d'où un autre perron conduit à une autre terrasse. À sa droite et à sa gauche se dressent d'immenses statues, héros musculeux et déesses aux seins nus, puis des bassins en forme de coquillage ornés d'iguanes qui crachent de l'eau, de dragons qui crachent de l'eau et de petits Amours dorés décochant des flèches et chevauchant des dauphins qui crachent de l'eau.

Jakob est stupéfié.

Il est stupéfié par tant de beauté, d'élégance et de grandeur véritablement titanesque, mais il l'est plus encore par ce spectacle apocalyptique d'un lieu désert et désolé. Les statues jadis dorées et en marbre miroitant sont couvertes de mousse et de lichen, les larges allées sont envahies par l'herbe et la mousse venant couvrir le gravier depuis les côtés, parfois jusqu'en leur milieu. Des meutes de chiens errants passent sous les buissons, de petits bouleaux poussent dans les joints des marches d'escalier. Les somptueuses fontaines des terrasses sont à sec, les dragons et les poissons ne crachent plus d'eau. Leurs bassins contiennent les feuilles mortes de plusieurs années, qui se décomposent et forment un terreau pour l'herbe, les pousses et les fleurs sauvages.

Jakob monte de terrasse en terrasse, gravit escalier sur escalier. Sur la dernière marche du dernier escalier se dresse un imposant garde suisse qui lui barre la route. Ce gaillard est aussi haut qu'un cheval et aussi large que la porte d'une maison, son visage est rougeaud et les muscles de sa mâchoire tressaillent tandis que, le nez au vent, il lance de ses yeux verts un regard méchant à Jakob.

"Halte-là, vocifère-t-il très officiellement, le mousquet au pied. Passage interdit."

Tiens tiens, un chien méchant, se dit Jakob en continuant à monter l'escalier par le côté ; les chiens enchaînés, il ne faut pas les affronter de face, Jakob le sait, il faut les approcher de côté et leur donner l'impression qu'on appartient à leur meute.

"Pardon pour le dérangement, camarade, dit Jakob en tirant de sa poche son ordre de marche. Il faudrait que je…

— Je ne suis pas ton camarade", lance le garde en présentant son mousquet.

Pas de doute, se dit Jakob, c'est un chien méchant, prêt à mordre et fruste à force d'avoir été si longtemps enchaîné.

"Écoute, camarade…

— Décampe, ou je te tire dessus.

— Regarde, c'est mon ordre de marche, il faut vraiment que je…

— Ça ne m'intéresse pas. Tu ne peux pas passer.

— Pourquoi ?

— Parce que c'est ici que commencent les jardins du roi. Et que tu n'es pas le roi.

— Pour ça, tu as raison, camarade. Mon nom est Jakob Boschung – ou Jacques Bosson, comme disent les Français. Regarde, c'est écrit ici. Voici mon ordre de marche."

Dans l'intervalle, Jakob a atteint la marche supérieure. Il s'arrête, se met en position et, comme le soldat, regarde le parc en bas des escaliers, comme si lui aussi gardait l'accès aux jardins royaux.

"Tu dois partir d'ici, j'ai dit. Et enlève ce masque !

— Je m'excuse pour ça, répond Jakob. Mais, comment dire, il y a quelque chose dans l'air.

— Ah, dit le garde en se détendant légèrement. On s'y fait.

— Il faut bien que les Excellences chient, c'est ça ?"

Le garde est sur le point de rire, puis il se reprend.

"Toi, tu dois être nouveau ici.

— Assez.

— Suisse ?

— Pourquoi ?

— Ton accent. Et tes bottes.

— Régiment de Waldner, compagnie von der Weid.

— Connais pas. Vous venez pour la relève ?

— Je suis venu seul, je dois me rendre à Montreuil.

— Chez la folle ?

— Chez la princesse Élisabeth.

— Elle est complètement à l'ouest. Tu verras. Là-bas, ils sont tous pétés.

— Pas ici ?

— Ici aussi. Complètement toqués, tous autant qu'ils sont. Comme des gamins. Mais bon. Tout ça part à vau-l'eau.

— Comment ça ?

— Ça craque de partout. Ils n'ont plus d'argent. Ils vivent au jour le jour et à crédit. Tous fauchés. Dans la dèche. Sur la paille. Finis.

— Même le roi ?

— Lui, de toutes les façons.

— Mais on touche encore la solde ?

— Ça oui.

— Alors ça va.

— Le jour où notre argent n'arrivera plus, nous partirons tous. Et quand nous ne serons plus là, les loups et les ours s'installeront.

— Je vais y aller. Où est-ce donc, ce Montreuil ?"

Le garde, d'un geste du pouce, montre derrière son épaule.

"Juste après le château. Mais je n'ai pas le droit de te laisser passer ici. Tu fais le tour par dehors, par la forêt. Tu redescends les escaliers, puis sur la gauche, et encore sur la gauche jusqu'à l'avenue de Paris. La maison de la folle se trouve sur le côté gauche de la rue, tu trouveras. Salue le garde à l'entrée, c'est un cousin à moi. Il s'appelle Victor. Ou Pierre.

— Eh bien ?

— Quoi ?

— Victor ou Pierre ?

— L'un ou l'autre. Victor et Pierre sont jumeaux, les deux sont mes cousins. Ils se relaient à l'entrée."

Ainsi Jakob, comme on le lui a ordonné, redescend-il les escaliers de terrasse en terrasse, passant une seconde fois devant les statues et les jeux d'eau, devant les canaux fangeux et les fontaines à sec, puis il traverse la forêt en passant devant des aristocrates urinant, déféquant ou copulant, et trouve finalement l'avenue de Paris et, à un jet de pierre, devant un portail, un garde au sabre rutilant.

Jakob l'observe. Il ressemble à son cousin à s'y méprendre. Même stature de cheval, même moustache blonde, même visage écarlate et mêmes yeux verts.

"Salut, Victor, dit Jakob au hasard.

— Je m'appelle Pierre.

— Pardon. Je viens de chez…

— Je suis au courant.

— Je dois me présenter chez la princesse.

— Je sais. Mais elle est déjà partie. Elle m'a laissé l'ordre de te montrer tes quartiers au cas où tu arriverais.

— Et me voilà.

— Viens. Reste toujours trois pas derrière moi. Et boucle-la. Mon cousin dit que tu parles trop.

— Compris."

Jakob remonte l'allée derrière le garde. Les pavés brillent, on ne voit ni fumier ni excréments. Il ne flotte aucune odeur de cadavre ni de purin, mais bien plutôt un parfum de lilas blanc, de chevaux aux flancs chauds et de savon de Marseille. Il ne pousse pas de mousse ni de mauvaises herbes dans les joints des pavés, il n'y pousse rien du tout, et au bourdonnement des abeilles dans les arbres fruitiers en fleur ne se mêlent ni cris, ni bêlements, ni aboiements, et pas non plus de vacarme de marteaux ou de scies ni de jurons ni autres bruits. Des murs chaulés brillent d'un éclat doré dans la lumière du couchant, la chaleur du jour rayonne agréablement sur les colombages teintés avec art et sur les toits de bardeaux évoquant le pays.

Une nuée de servantes traverse la cour, nattes sagement nouées et jupes en velours de coton de deux couleurs ; elles portent dans le creux du coude des corbeilles en osier et sourient à Jakob. On entend, en bruit de fond, le gazouillis cristallin des abreuvoirs.

Le bétail est bien nourri et sain, à ce que Jakob peut en voir en passant. Les cochons grognent d'aise dans la soue, sur le pacage deux poulains font de maladroites cabrioles, un coq chante sur le tas de fumier et, devant la maison d'habitation, des chatons tigrés batifolent derrière des oiseaux d'été.

La vacherie est claire et propre, bien aérée et plus confortable que la plupart des logis pour soldats que Jakob a vus durant ses huit années à l'armée. Il s'y trouve une douzaine de fribourgeoises. Elles ont le dos droit, sont bien en chair, ont des yeux clairs, seuls leurs pis sont peut-être un peu secs ; dès demain matin, Jakob les enduira de saindoux.

"Hé, Pierre, dit Jakob, où sont les pâturages ?

— Là-devant et là-derrière.

— Ces deux prés ? C'est tout ?

— C'est tout. Boucle-la.

— Ça ne suffit pas, dit Jakob. Elles vont crever de faim, ces vaches.

— Ne t'inquiète pas. Tu peux acheter à tout moment du fourrage supplémentaire.

— À qui ?

— Eh bien, à un paysan. Un vrai paysan, j'entends. Et maintenant, boucle-la."

Le garde longe le champ de pommes de terre, Jakob le suivant toujours à une distance de trois pas. Une fois au bout du champ, ils suivent la lisière de la forêt, au pied de la colline, franchissent le ruisseau sur un pont arqué japonais et arrivent devant le nouveau domicile de Jakob.

"Ça me troue le cul ! s'exclame-t-il à sa vue, ce qui n'est pas dans ses habitudes, et il répète : Alors là pour me trouer le cul ça me troue le cul !"

Pierre, le garde, rit et lui donne une tape sur l'épaule avant de tourner les talons pour regagner son poste.

Jakob a devant lui une cabane en rondins. À première vue, on la prendrait pour une vénérable cabane de fromager que des siècles de vent ont patinée et mise de guingois, telles qu'on en voit beaucoup dans les paysages alpestres ; mais elle dégage une trop délicieuse odeur de mélèze fraîchement écorcé pour être vraiment vieille, et les interstices des troncs d'arbres que quelqu'un a teints avec des cendres, en gris, laissent voir la couleur jaune doré du bois neuf, et l'espace devant la cabane est jonché de copeaux et de sciure. La porte d'entrée est accrochée de travers et semble piquée des vers, sauf que les trous ne viennent pas des vers, mais de la plus fine vrille du charpentier, et si la fenêtre près de la porte ne laisse pas passer le regard, ce n'est pas à cause d'une poussière doucettement accumulée par les siècles sur les vitres, mais parce que le menuisier a délibérément usé d'un abrasif.

L'intérieur est pourvu d'un foyer ouvert avec un chaudron de cuivre et de quelques ustensiles, pots et passoires pour la fabrication du fromage ainsi que d'une étagère où poser les meules. Au centre de la cabane se dresse une table grossière avec deux chaises, surmontée d'une lampe à huile ; et tout cela est artificiellement noirci à la suie.

La couche est aménagée dans un coin, avec, dessus, prêt à être revêtu – alors là, ça troue vraiment le cul à Jakob –, un costume traditionnel d'armailli de l'Appenzell, flambant neuf. Et de l'Appenzell, en plus, il ne manquait plus que ça. Culotte d'un jaune lumineux et chemise blanche, ainsi qu'un gilet rouge écarlate à boutons en laiton, un chapeau noir à large bord et des chaussettes en tricot blanches avec motif tressé sur le côté, et, sous le lit, une paire de chaussures en cuir noir avec boucle en laiton. Jakob ne s'attifera jamais comme ça, il rutilerait comme une fille parée pour trouver un mari à la kermesse.

Jakob roule le costume pour en faire un ballot qu'il pose sur l'étagère. Puis il s'étend sur la paillasse pour l'essayer, elle est très confortable, bien rembourrée de paille toute fraîche sentant la lavande.

Dehors, la nuit tombe sur Montreuil. Jakob sent qu'il n'a pas dormi d'une nuit et deux jours. Il descend la mèche de la lampe à huile, se couche, étend la couverture sur lui ; il est sur le point de glisser de l'autre côté lorsque, par la fenêtre ouverte, un chant parvient à son oreille – un chant jubilatoire, plaintif, exultant porté par une voix angélique, d'une pureté surnaturelle et pourtant magnifiquement pleine et forte ; Jakob n'a jamais entendu rien de tel.

À quel être peut appartenir cette voix de soprano semblable à celle d'un dieu ? Ce n'est pas une femme, sinon la voix n'aurait pas cette puissance de trompette ; ce ne peut non plus être un homme, car nul homme n'atteint de tels aigus de manière si pure, si vigoureuse et si aisée. Et certainement pas un enfant, car il faut une cage thoracique adulte pour qu'un tel volume se déploie.

Jakob s'approche de la porte et regarde la nuit noire sans lune. Le chant claironnant a beau sembler venir de par-delà le champ de pommes de terre, il n'en est pas moins puissant et net, empli d'une inconsolable nostalgie et pourtant vaillant et vivace dans cette obscurité qui englobe tout. Jakob tend l'oreille, il est traversé d'un frisson du pays. Cette voix, elle chante un chant allemand.

Ich folge dir gleichfalls
Mit freudigen Schritten
Und lasse dich nicht,

Mein Leben, mein Licht.
Befördre den Lauf
Und höre nicht auf,
Selbst an mir zu ziehen,
Zu schieben, zu bitten…

Appuyé contre l'embrasure de la porte, Jakob écoute cette voix surnaturelle menant triomphalement ce chant jusqu'à sa fin, avec force répétitions, superbes vocalises et notes aiguës longuement tenues. Puis la nuit se fait silencieuse et, la musique ayant rasé les fortifications de son âme, Jakob s'effondre et, pour la première fois depuis qu'il a dit adieu à Marie, il laisse couler ses larmes.

Le lendemain, lorsqu'Élisabeth arrive à Montreuil, Jakob est déjà au pâturage avec les vaches. Il les a traites au petit matin et conduites au pré, puis il a nettoyé l'étable, s'est baigné sous le pont japonais et rasé avec son couteau de chasse. Les vaches sont maintenant couchées dans l'herbe et ruminent, éparpillées dans le pré, et Jakob est assis parmi elles sur une couverture. La vache-maîtresse est couchée près de lui comme un chien. Il passe la main dans les poils bouclés de son front.

Élisabeth toise son nouveau vacher avec curiosité en s'approchant de lui ; avec la même curiosité celui-ci toise la princesse.

Jakob, qui a maintenant trente et un ans, n'est pas tombé de la dernière pluie, mais l'arrivée d'une princesse des Bourbons par un matin de printemps, sous une ombrelle rose, c'est pour lui du jamais vu. Tout en elle est rond, blanc, rose, depuis le front, les joues et les lèvres pointées jusqu'à sa rayonnante tunique paysanne ; on la croirait éclairée de l'intérieur par une mystérieuse source lumineuse. Son abondante chevelure blonde dépasse avec une négligence calculée de son chapeau de paille décoré de fruits en cire, et le ruban rouge censé lacer son décolleté s'est dénoué comme par mégarde. Élisabeth semble non pas marcher, c'est-à-dire poser un pied devant l'autre, mais bien plutôt rouler ou glisser, et même à peine effleurer le sol – si régulier et si fluide est son mouvement que sa crinoline de soie blanche à fils d'or descendant jusqu'à terre semble cacher non pas deux jambes et deux pieds, mais quelque engin à deux roues amorties pneumatiquement. Ou un coussin d'air.

Jakob sait que l'étiquette exigerait maintenant qu'il saute sur ses pieds, se découvre et s'incline profondément. Mais il sait aussi que la princesse a commandé un vacher, pas un courtisan. Aussi reste-t-il assis.

Mais lorsqu'elle se tient debout devant lui et le regarde avec un visage radieux, il se reprend, se lève, ôte son bonnet, comme il le ferait aussi devant toute jeune Gruérienne. Et lorsqu'il se lève, la vache-maîtresse se lève aussi, train avant puis train arrière, sur quoi les onze autres vaches se lèvent également. Ce spectacle ravit la princesse.

“Bienvenue à Montreuil, dit-elle. Quelle joie que tu aies pu venir.

— Comment aurais-je pu refuser l'invitation de Votre Altesse ?

— On dirait presque que tu aurais préféré dire non.

— Je suis soldat, Altesse. Nous autres, nous disons oui.

— Mais tu aurais pu dire non.

— Oui, Altesse. Et on m'aurait envoyé à Venise pour les galères.

— Oh, j'en aurais été peinée.

— Votre Altesse n'en aurait rien su. Mais cela n'est pas arrivé.

— À Montreuil il n'y a pas de galère, je puis l'assurer.

— Altesse, je suis heureux de l'apprendre.

— J'espère alors que tu te plairas ici. Je vois que tu as déjà fait connaissance avec les vaches. Elles semblent t'obéir au mot.

— Les vaches obéissent à la vache-maîtresse.

— Et la vache-maîtresse t'obéit.

— Je lui obéis aussi. Nous nous sommes pris d'amitié l'un pour l'autre.

— Les vaches donnent-elles du lait comme il faut ?

— Quatre quarts ce matin, mais cela ira en augmentant. Le lait est gras et doux. Votre Altesse veut-elle en goûter un verre ?

— Volontiers."

Jakob prend un pichet et verse du lait dans un verre qu'il avait sagement préparé. La princesse boit en observant Jakob par-dessus le bord du verre. Il détourne les yeux et regarde au loin.

"Je pensais écrémer le lait ce soir et baratter du beurre.

— Ce ne sera pas nécessaire, dit la princesse. Les laitières bretonnes sont là pour cela.

— Je comprends. Alors je ferai du fromage.

— Notre Normand s'en occupera. De cela, au moins, il en est capable.

— Alors que dois-je faire ?

— Ici, tu es vacher. À Montreuil, tu as pour tâche de rendre mes vaches heureuses.

— Ce n'est pas un travail.

— Mais c'est un don", dit la princesse.

Ce serait maintenant au tour de Jakob de dire quelque chose, mais il se tait comme si tout avait été dit. La princesse sirote son verre de lait et observe, étonnée, Jakob qui, soudain muet, caresse distraitement la vache-maîtresse. Le silence s'installe – un silence d'autant plus difficile à rompre qu'il dure. La princesse fait tourner son ombrelle nerveusement. Elle se met à redouter que ce jeune vacher qu'elle a fait venir expressément de ses montagnes lui batte froid lui aussi, comme avant lui tous les soldats, paysans et bateliers.

Jakob n'est pas gêné par ce silence, de nombreux hivers solitaires sur l'alpage l'y ont habitué. Mais, en vacher attentif, il a également appris à deviner les sentiments des autres êtres à sang chaud. Il remarque que la princesse respire de manière saccadée par le nez, que son cou se raidit et que deux sillons verticaux se forment au-dessus de la racine de son nez. Il ressent sa pudeur et sa contrariété, qui va très bientôt virer à la colère. Pour éviter cela, Jakob désigne la couverture étalée dans l'herbe.

"Votre Altesse souhaite-t-elle se reposer un instant ?"

Élisabeth accepte l'invitation avec joie. Rassemblant ses jupons, elle se laisse tomber sur la couverture. Et Jakob voyant qu'elle s'est assise non pas au centre de la couverture, mais sur son bord droit, laissant libre la moitié gauche, il accepte cette invitation non formulée et s'assoit simplement auprès d'elle, comme si Élisabeth Philippine Marie Hélène de Bourbon n'était ni la sœur du roi, ni la nièce du roi de Pologne, ni la filleule du duc de Parme, ni la sœur du gendre de l'impératrice d'Autriche, ni la belle-sœur du roi de Sardaigne, mais une simple jeune paysanne gruérienne qu'il connaîtrait depuis l'enfance.

Élisabeth et Jakob sont assis sur la couverture entre les ventres fumants des vaches et ne disent mot. Elle cueille des brins d'herbe et les déchire entre ses doigts, il lance des cailloux en l'air et caresse la vache-maîtresse qui s'est recouchée près de lui. Élisabeth n'est maintenant plus du tout gênée par le silence. Au contraire, elle est indiciblement heureuse.

— Voilà le kitsch qui menace de nouveau, dit Tina. Nous pourrions faire une petite pause ?

— Mais bien sûr.

— Désolée si je dérange ce doux bonheur sur le pâturage.

— Ça ne te plaît pas ?

— Je crains le pire.

— Attends un peu.

— Il faut que je sorte un petit moment.

— Pourquoi ? Ah oui. Je peux dire quelque chose ?

— Oui.

— Dehors, il y a un mètre de neige fraîche. Tu vas t'asseoir le derrière dans la neige ?

— Tu n'as pas besoin de sortir, toi ?

— Non.

— Tu n'as jamais besoin de sortir.

— Pas avant que nous ne soyons à la maison.

— Même si tu devais, ce ne serait pas un problème pour toi. La nature est injuste.

— Je n'y peux rien.

— Je n'ai rien dit.

— Mais d'un autre côté, nous sommes tout de même des êtres civilisés, continua Max. Attends un peu.

Il poussa la portière du côté du passager, pataugea dans le bas-côté enneigé derrière la Toyota et piétina dans la neige pour dégager une petite surface d'environ un mètre carré. La neige étant mouillée et compacte, ce fut l'affaire de quelques instants. Puis, à petits pas, il fraya un passage de l'autre côté de la voiture jusqu'à la portière du conducteur.

— S'il vous plaît.

Tina descendit et disparut derrière la Toyota. Max se laissa tomber sur le siège du conducteur, tira la portière et se fit glisser jusqu'au siège du passager. Trois minutes plus tard, Tina rentra dans la voiture.

— Merci, mon chéri. Maintenant, c'est moi qui te dois quelque chose, je dirais.

— Là, tout de suite ? Ici ?

— Si tu veux.

— Je n'en finis pas de m'étonner.

— De quoi ?

— Comme tu sais, cela m'a coûté des années de ma vie avant que tu ne prennes vraiment goût au sexe.

— Ce n'est pas vrai.

— Je veux dire : que tu y prennes vraiment goût.

— Ouais, dit-elle. Il fallait que je m'assure que tu saches bien t'y prendre. Quelle heure est-il ?

— Cinq heures et demie. Je continue mon histoire ?

— Je crains le pire, comme je te disais.

— J'y vais ?

— D'accord.

— Élisabeth et Jakob sont donc assis sur la couverture, au milieu des vaches, et regardent le temps qui passe. Des nuages viennent s'interposer devant le soleil, puis s'éloignent. Avec sollicitude, Élisabeth demande à Jakob s'il a déjà mangé. Il fait oui de la tête et lui demande de même si elle n'a pas froid. Un essaim de moucherons tournoie dans la lumière du soleil. À l'extrémité opposée du pâturage, une buse se pose sur la palissade. Après quelques instants, elle s'envole.

Et puis le moment arrive pour Élisabeth de s'en aller. Les orphelins de la ville viendront bientôt boire leur lait, et ensuite elle distribuera aux pauvres œufs et pommes de terre. Elle demande à Jakob s'il veut l'accompagner. Il dit qu'il ferait mieux de rester auprès des vaches. Alors à demain, dit-elle. À demain, dit-il.

C'est bientôt l'heure de la traite du soir, Jakob reconduit le troupeau à l'étable. Il trait une vache après l'autre, il nettoie les sabots de chacune et les étrille, puis il répand de la paille propre et remplit la mangeoire de foin pour la nuit. Deux vaches rechignent à boire, Jakob devra voir cela d'un peu plus près demain matin. Et un veau traîne la patte, le sabot arrière droit est enflammé.

La nuit tombe, une brise fraîche souffle dans les arbres de la colline. Au loin retentit de nouveau ce chant surnaturel, puissamment timbré et pourtant délicatement vivifiant.

Frondi tenere e belle
del mio platano amato,
per voi risplenda il fato…

Cette fois, Jakob n'attend pas la fin de l'air et s'élance dans la direction d'où lui parvient la voix, courant à travers le champ de pommes de terre et le pâturage jusqu'à l'orée de la forêt et, de là, franchissant la colline pour aller jusqu'au mur d'enceinte nord. Il l'escalade, saute de l'autre côté et se trouve devant une bâtisse sombre dans l'entrée illuminée de laquelle se dessine la silhouette d'une créature invraisemblable, une espèce de grizzly se balançant doucement au rythme de la mélodie langoureuse ; une énorme cage thoracique sur des jambes étonnamment courtes et, au-dessus d'épaules tombantes, une tête incroyablement petite de plus en plus étroite vers le sommet du crâne. La voix aiguë, douce et angélique sort de la tête de ce grizzly humain. C'est ce grizzly qui chante si merveilleusement en ouvrant grand les bras.

... Ombra mai fu
di vegetabile,
cara ed amabile,
soave più.

Et le chant s'achève. Le silence se fait, les bruits de la nuit reprennent timidement ; bruissements dans le sous-bois, quelque part un croassement isolé. Le grizzly se tient, immobile, dans l'entrée illuminée, les bras pendants, comme s'il écoutait l'écho de sa voix. Puis il fait trois pas hésitants sur le côté, sort d'un buisson de roses une bouteille avec deux verres qu'il pose sur une table de jardin en marbre installée sur l'esplanade de graviers devant les rosiers. Il se laisse tomber sur une chaise en soupirant, débouche la bouteille et verse un liquide ambré.

Protégé par l'obscurité, Jakob observe le grizzly que la lumière de l'entrée éclaire désormais latéralement.

Il a étendu devant lui ses jambes courtes et trapues et a les pattes avant posées sur son ventre. Sur son corps puissant trône un petit visage rond d'enfant encadré de frisottis blancs, un visage pâle et bouffi qui semble n'avoir pas vu depuis longtemps la lumière du soleil et n'en est pas moins d'une amabilité et d'une innocence angélique, sans une ride, sans âge, pas vraiment las de la vie, mais visiblement fatigué. Sa petite tête penchée sur le côté, il sourit à la nuit, on croirait presque qu'il voit Jakob. Et le voilà qui, levant une patte, fait un large geste invitant à s'asseoir sur le siège libre tout en inclinant la tête sans équivoque en direction de Jakob au point que ce dernier ne peut faire autrement que de sortir de l'obscurité.

"Approche, mon petit, lance le grizzly de son angélique voix de soprano qui forme un contraste si désarçonnant avec sa stature massive. Viens près de moi, n'aie pas peur."

Ce n'est pas possible, se dit Jakob tout en foulant le gazon court et en s'avançant vers le colosse paisible, un être pareil ne peut pas exister. Une chose est sûre, Jakob devra commencer par demander pardon de son intrusion nocturne. Après quoi il protestera de la probité de ses intentions afin que sa curiosité déplacée rencontre l'indulgence, car il a succombé aux appels d'une voix divine. Mais une fois qu'il a traversé le gazon et qu'il s'arrête à la table en marbre devant la créature antédiluvienne, les mots lui manquent.

"Assieds-toi près de moi, dit le grizzly. Là, voilà. Trinque avec ton vieux voisin, procure-lui un peu de réconfort dans sa solitude. Tiens, prends. C'est un calvados. Douze années en fût de chêne, pas mal du tout. À ta santé.

— À votre santé, je suis…

— Je sais qui tu es. Je t'ai vu à Montreuil, sur une couverture avec la princesse. Cela t'étonne ? Tu n'es pas le seul à t'intéresser à ce qui se passe de l'autre côté du mur. Je ne peux pas grimper aussi légèrement que toi, c'est vrai, mais je suis grand.

— C'est bien vrai.

— Je me présente : Josephini, dernier sopraniste de l'Opéra royal.

— Jacques Bosson, vacher au service de Madame Élisabeth. Vous vivez seul ici ?

— Hélas oui. Il fut un temps où nous habitions cette maison à quatre ou cinq, et même une douzaine à un moment… Farinelli a habité ici, Caffarelli, Senesino, Marchesi, Santoni, les plus célèbres voix du monde… Que n'avons-nous pas chanté jadis ! Plus jamais le monde ne réentendra de tels opéras.

— Et maintenant ?

— Ils se sont tous envolés. Certains de mes amis sont morts, d'autres partis en voyage, la plupart rentrés en Italie. On ne donne presque plus de musique à Versailles, le roi n'a plus d'argent. Il n'y a plus que moi ici, le dernier castrat dans la maison des castrats.

— Oh, dit Jakob. Est-ce que tous vos amis étaient aussi… grands ?"

Le grizzly éclate d'un rire cristallin.

"Certainement, mon petit, nous sommes tous ainsi. Petite cause, grands effets, pourrait-on dire, chez nous les humeurs coulent autrement. Nous autres, nous sommes de vivants instruments de musique. Mon corps est la caisse de résonance de ma voix, il ne sert à rien d'autre. Le chant est ma vie, et c'en est presque fini et de l'un et de l'autre. Je chante encore chaque matin à la première messe pour le roi et, le soir, mon air solitaire dans la nuit, c'est tout ce qui m'est resté. Ah, l'Italie ! Ils m'ont tous quitté. Il n'y a plus que moi ici et je ne puis m'en aller.

— Pourquoi ?

— J'ai le logis et une rente à vie. Qui offrirait un toit à un vieux hongre tel que moi ? Il y a longtemps que plus personne ne me connaît dans mon village des Abruzzes, et partout ailleurs sur cette terre, je serais un importun, étranger, sans le sou, inutile.

— Mais la rente ?

— On ne me la verse qu'à Versailles. Les Bourbons n'ont malheureusement pas la délicatesse de me faire porter l'argent jusqu'en Italie. Voilà pourquoi il me faudra rester ici tant que je vivrai.

— Je comprends.

— Et toi, mon petit ? Combien de temps restes-tu ?

— Aucune idée.

— Une seule saison, ou est-ce pour durer ?

— Aucune idée, je vous disais. Je ne suis pas ici de mon plein gré.

— Je conseillerais un emploi fixe, les engagements temporaires ne rapportent rien financièrement. Le mieux est une rente à vie. Mais d'un autre côté, avec ça, on te tient par les couilles."

Et le grizzly part d'un rire pur et argentin comme s'il avait fait une vraiment bonne blague.

Ce rire résonne encore longtemps aux oreilles de Jakob, son âme est profondément tourmentée par la pensée que la princesse puisse le tenir par les couilles. Il n'a pas de rente à vie, certes, mais il est obligé de servir, comme un soldat, et s'il s'enfuyait, on le traquerait comme un déserteur. Et on l'attraperait tôt ou tard, et on le châtierait sévèrement.

Il s'en sort on ne peut mieux avec les vaches que lui a confiées Élisabeth. Il emploie les premiers jours à les caresser et les étriller généreusement en leur parlant à l'oreille pour qu'elles apprennent le galimatias germano-français qu'il a élaboré expressément pour communiquer avec les vaches. Il s'entend à guérir rapidement leurs petites indispositions. En quelques semaines, la production de lait du troupeau est multipliée par deux.

Chaque vache et chaque veau, bouvillons exceptés, se voit attribuer un nom féminin. Les taureaux, eux, restent sans nom, c'est ainsi dans toutes les fermes du monde ; car dans une ferme, il n'y a pas besoin de plus d'un taureau. Chacun d'eux est donc unique et peut s'abstenir de tout signe de reconnaissance. Le taureau est le taureau, c'est tout.

Le matin, quand Jakob ouvre la porte de l'étable après la traite, la vache-maîtresse est la première à sortir, suivie de la vice-vache-maîtresse, elle-même suivie de la vice-vice-vache-maîtresse ; les veaux ferment le cortège. Le taureau, lui, fait comme bon lui semble. Il ne règne ni égalité ni sororité entre les vaches, mais une stricte hiérarchie. Si une vache se presse à la porte de l'étable et prend un rang qui n'est pas le sien, les autres, une fois sur le pâturage, la punissent en la bousculant, en la mordant et en la piquant avec leurs cornes.

Tandis que les vaches traversent la cour en trottinant l'une derrière l'autre, les autres animaux encore enfermés dans leurs étables se pressent contre les portes en bêlant, cancanant et caquetant. Jakob va ouvrir toutes les portes, tous les animaux se placent à sa suite et tous ensemble, chacun de sa démarche soit lourde soit gracile ou dandinante, s'en vont vers le pâturage, les porcs derrière les vaches, puis les chèvres et les moutons, et pour finir, dans un désordre de bruits d'ailes, les poules, oies et canards.

Sur le pâturage, les artiodactyles broutent harmonieusement côte à côte, puis se couchent en groupes colorés pour sommeiller et ruminer tandis que les volatiles vont et viennent entre eux en picorant vers et insectes ; car il n'est pas vrai que les animaux se craignent, bien au contraire ils s'intéressent les uns aux autres et vivent paisiblement côte à côte tant que la nature n'a pas fait d'eux des couples de prédateurs et de victimes, ce qui, on le sait, n'est pas le cas des ongulés et de la volaille.

Jakob n'a plus grand-chose à faire une fois qu'il a mené les animaux au pâturage. En montagne, les surveiller n'était pas une mince affaire, à tout instant un veau pouvait faire une chute mortelle ou être attaqué par un loup. Mais dans les environs de Versailles, il y a belle lurette que le loup a disparu et les pâturages ne bordent aucun précipice et sont clôturés.

Montreuil s'éveille. Dans la maison des maîtres, on ouvre les fenêtres, dans la grange on bat les faux. Une servante va chercher des œufs au poulailler. Bruits de sabots sur l'allée. La princesse arrive sur un beau petit cheval blanc arabe. Elle entre rapidement dans la maison, en ressort peu après avec les laitières et les servantes et va à la chapelle pour une brève oraison matinale. Elle se rend ensuite au dispensaire et puis inspecte les étables, et plus tard elle ira voir Jakob sur le pâturage.

Étendu paresseusement sous le soleil matinal, il l'attend. Il a posé près de lui un pichet de lait, enveloppé dans un torchon humide pour le garder au frais ; la princesse s'est accoutumée à venir chaque matin boire un verre de lait crémeux après s'être assise près de lui sur la couverture.

Dans les premiers jours, Jakob savoure l'oisiveté, mais bientôt il trouve le temps long. Il se languit de Marie. Il imagine des lettres qu'il lui écrirait s'il savait écrire. Il les formule et les reformule, de mille façons, et mille fois il entreprend mentalement de repartir à pied pour le pays de la Gruyère, de refaire le chemin de l'aller, traversant chaque prairie, chaque bois, franchissant chaque colline. Dans ce paysage, les empreintes de ses pas sont encore fraîches et intactes, sur la carte de son âme elles ponctuent clairement le chemin qui le reconduira en Gruyère. La douleur éprouvée à l'idée qu'il ne peut prendre ce chemin du retour parce que la princesse le tient par les couilles ne s'apaise pas avec le temps, au contraire elle est toujours plus aiguë.

Pour tuer le temps, Jakob construit sur le pâturage un petit abri avec des planches et du bois équarri laissés par les ouvriers derrière le fenil. Les vaches l'observent en ruminant. Une fois qu'il a terminé, il s'assoit sous le toit et regarde au loin le vol des nuages. Il commence à pleuvoir. Sur le pâturage, la vache-maîtresse observe Jakob pensivement. Elle commence à être mouillée. Après quelques instants, elle s'approche en trottinant et s'arrête face à Jakob. L'abri est trop petit pour la vache, qui, même avec sa jugeote de bovidé, le comprend immédiatement. Elle avance tout de même d'un pas, puis fait un autre pas, encore un autre, jusqu'à ce que ses cornes heurtent le mur du fond, puis elle se couche. La partie avant de la vache est maintenant au sec près de Jakob, l'arrière reste dehors. Jakob plonge les mains dans les poils de son front. Les autres vaches, sous la pluie, regardent de leurs grands yeux.

Depuis ce jour, la vache-maîtresse vient souvent se coucher sous l'abri, pas seulement lorsqu'il pleut, mais aussi les jours de grosse chaleur. Cette place est la sienne, aucune autre vache n'a le droit de l'occuper. Elle doit la libérer uniquement lors des visites de la princesse.

Chaque soir, après le coucher du soleil, Jakob va dîner dans la maison des domestiques. La salle à manger est étonnamment éclairée aux coûteuses chandelles blanches étonnamment nombreuses ; Jakob apprendra plus tard que ce sont des restes à moitié consumés des chandelles ayant servi sur les lustres royaux, qu'Élisabeth fait rapporter chaque jour dans un baquet.

La table luit comme un sou neuf et est abondamment pourvue en pommes de terre, rôti de porc et haricots secs. Les laitières bretonnes sont assises avec les caméristes provençales d'un côté de la table, le fermier normand avec Jakob et les valets de l'autre côté. Les filles sont vives et ont les joues roses, le fermier n'est guère causant et a les mains noueuses, et les valets chiquent en racontant des blagues dont les filles rient de bon gré. Tous sont frais et dispos, personne n'est malade ou vieux, ou malingre.

Jakob trouve un peu étrange qu'il n'y ait pas d'enfants. Toutes les fermes qu'il a connues jusqu'ici étaient riches en enfants et pauvres en tout le reste. À Montreuil, c'est l'inverse. Ici, point de fermière toujours enceinte et qui, régulièrement, porte en terre un petit cercueil blanc, point de paysan endurci et rendu cruel par une vie remplie de fléaux, de sécheresses, d'épidémies, d'orages et de dettes, et point de servantes ni de valets rétifs maudissant en silence le fermier pour sa dureté et en voulant au monde entier de son injuste indifférence.

À Montreuil, tous sont heureux. Le rôti de porc est succulent. Le vin en carafe est bon. Les filles lancent à Jakob de pudiques œillades. Les hommes, bons camarades, lui donnent des tapes dans le dos et lui demandent s'il s'en sort avec son travail.

“Quel travail ? demande Jakob.

— Avec les vaches.

— Ah, ce n'est pas du travail. Je serais content si j'avais quelque chose à faire. Je peux donner un coup de main à l'un de vous ?”

Les valets lèvent les mains dans un geste de refus, eux-mêmes n'ont presque rien à faire. Le peu de travail qu'ils ont, ils veulent le garder.

“Si c'est comme ça, je tuerai demain deux bouvillons. Le troupeau en compte trois, ce sont deux de trop.

— Tu ferais mieux pas, dit l'un des valets.

— Pourquoi ?

— À Montreuil, on ne tue pas les bêtes. On fait faire ça dehors.

— Comment ça ?

— La princesse ne supporte pas la vue du sang. Et elle ne veut pas entendre ces cris.

— Avec moi, les bêtes ne crient pas, dit Jakob. Je leur tranche la gorge très vite, elles ne s'en aperçoivent presque pas. Et le sang est absorbé par l'herbe.

— Quand même, dit le valet.”

Un silence gêné s'installe. On reverse à boire. On touille dans son assiette. Au loin s'élève le chant du castrat.

“Le puits est à sec, dit Jakob. Il faudrait creuser. Il n’a même plus huit pieds de profondeur.

— N’y pense pas, dit le valet. Il n’a jamais été plus profond.

— Alors ce n’est pas étonnant qu’il soit à sec.

— Il a toujours été à sec. Il n’y a pas d’eau dans ce sol, tu peux creuser tant que tu veux.

— Alors il sert à quoi, ce puits ?

— C’est un décor, la princesse en voulait un. Elle dit qu’une ferme sans puits, ce n’est pas une ferme.

— Pour ça, elle a raison. Mais où prenez-vous l’eau ?

— L’eau pour les bêtes arrive de la Seine par pompage. Notre eau à nous vient du château.

— Et pour le linge ?

— On fait faire ça dehors. La princesse ne veut pas que la lessive ronge les doigts des servantes.”

Ainsi passent les jours. Les hirondelles arrivent, les arbres fruitiers perdent leurs fleurs. Le bétail prospère sur le pâturage, bientôt les cerises seront mûres. Jakob est hâlé à force de rester étendu sur sa couverture. Il n’a déjà plus un seul cal aux mains.

Le solstice n’est pas encore passé que les deux pâturages de Montreuil sont déjà entièrement broutés. Les vaches se retrouvent sur la terre nue, elles meuglent de faim et jettent à Jakob des regards réprobateurs. Le lendemain, il ne conduit pas les vaches à la pâture après la traite, mais les laisse dans leurs étables et se rend à l’entrée qui donne sur la route. Il s’assoit dans l’herbe près de Victor ou Pierre et attend la princesse Élisabeth. Lorsque celle-ci, approchant sur son cheval arabe, aperçoit son vacher assis à l’entrée, une ombre inquiète passe sur ses joues roses. Elle met pied à terre prestement et donne les rênes au garde.

“Qu’y a-t-il ?

— Les vaches ont faim, Votre Altesse. Les pâturages n’ont plus rien.

— Alors faisons rentrer du fourrage.

— Si Votre Altesse le permet : il y a quelques très belles clairières dans la chênaie du château.”

La princesse éclate de rire et bat des mains.

“Excellente idée ! Va tout de suite chercher les vaches, je retourne au château et j’explique cela à mon frère.”

Peu après, Jakob, avec douze vaches et quatre porcs, six chèvres et cinq moutons ainsi que force volailles, passe sur l’avenue de Paris, entre dans le parc du château par une porte latérale et disparaît dans les profondeurs de la chênaie. En fin d’après-midi, il réapparaît avec le troupeau, retourne à Montreuil et rentre toutes les bêtes à l’étable pour la nuit.

Tout l’automne, jusque tard en novembre, Jakob nomadise dans le parc du château. La chênaie a un sol riche pour la pâture, seuls les chiens errants sont importuns à force de tourner autour des moutons avec leurs babines baveuses ; Jakob les chasse à coups de bâton. Il est plus difficile d’éloigner les aristocrates du château, pour lesquels le berger suisse et ses vaches sont l’attraction de l’été. Seuls ou en groupe, ils se promènent dans la chênaie, s’assoient au bord de la clairière sur des chaises pliantes que les laquais leur ont installées et se délectent de ce spectacle rustique. Ils sont nombreux à n’avoir jamais vu une vraie vache ni un vrai cochon, pour ne rien dire d’un berger suisse. Ils piaillent de plaisir quand une vache soulève la queue ou quand le bélier saillit une brebis, et ils pointent leurs doigts avec ravissement en direction de Jakob lorsque celui-ci se nettoie les ongles avec son couteau ou casse quelques noisettes avec les dents. Plusieurs fois par jour, un spectateur particulièrement hardi demande à Jakob de traire une vache en vitesse, avec un sourire grivois accompagnant le geste de ses poings manucurés montant et descendant sur un trayon imaginaire. Jakob joue consciencieusement son rôle de vacher et explique à ces messieurs et dames qu'il faut d'abord laisser les vaches brouter avant de pouvoir les traire, et parfois seulement, quand il est vraiment excédé, il s'approche de la vache-maîtresse et lui chuchote quelque chose à l'oreille, sur quoi toutes les vaches se lèvent et, cornes baissées, s'avancent vers ce public de badauds, qui bondit alors de ses chaises pliantes et, dans un délicieux effroi, retenant les perruques et faisant crisser les crinolines, s'enfuit vers le château.

À cette époque, Jakob s'étonne encore du crissement de ces crinolines, mais un coutelier de son pays, passant par là, lui expliquera plus tard ce phénomène acoustique ; il est dû aux baleines qui, lorsque les dames bougent, frottent contre les bandes de cuir qui les relient.

Chaque matin à la dixième heure, la princesse Élisabeth lui rend visite dans la forêt. Elle attache son cheval à un chêne, s'assoit près de Jakob sur la couverture et se fait offrir son habituel verre de lait. Puis ils restent tous deux assis côte à côte à regarder le bétail paissant. Tantôt ils se taisent, tantôt ils parlent.

"C'est très délicat de ta part de tenir les bêtes à distance du château, dit Élisabeth un matin.

— Votre Altesse sait que les bêtes ont des manières horribles. Elles ne se tiendraient pas bien dans la Galerie des Glaces."

La princesse rit.

"Mais tu pourrais tout de même t'approcher un peu plus du château. Il n'y a aucune raison pour rester à l'extrémité du parc, tout près du mur d'enceinte, il se trouve quelques très beaux pâturages près des grands bassins.

— Je sais, Votre Altesse.

— D'ailleurs, ce serait joli qu'on aperçoive les vaches depuis le château. Le roi serait ravi.

— Je suis désolé, Votre Altesse. Les vaches ne veulent pas.

— Quoi ?

— Elles ne veulent pas être plus près du château.

— C'est vrai ?

— Pour rien au monde. Je suis désolé.

— Et pourquoi cela ?"

Jakob fronce les sourcils et pince les lèvres.

"Les vaches sont têtues. Quand elles ne veulent pas, elles ne veulent pas. On ne peut rien y faire.

— Mais pourquoi ne veulent-elles pas ?

— Qui peut savoir ?

— Toi, tu le sais.

— Elles ne veulent pas, tout simplement.

— Et pourquoi ?

— Une vache est une vache. Cela ne vaut pas la peine d'y réfléchir.

— J'ai eu l'impression, tous ces derniers mois, que tu réfléchissais beaucoup à tes vaches.

— C'est vrai, Votre Altesse. Je ne sais que vous répondre.

— La vérité, tout simplement.

— Si Votre Altesse l'ordonne. La vérité est que les vaches ont un odorat très sensible.

— Et alors ?

— C'est tout.

— Je comprends, dit la princesse en pinçant les lèvres à son tour.

— Votre Altesse ne doit pas en vouloir aux vaches, dit Jakob. Elles ont une grosse tête, mais une petite cervelle. Il faut être indulgent avec elles."

Élisabeth opine et observe pensivement la vache-maîtresse qui à son habitude est couchée dans l'herbe près de Jakob, le regard vide sous ses longs cils, comme perdue dans ses pensées. Au bout d'un moment, la princesse se lève et, d'un signe de tête, prend congé de Jakob, se hisse en selle et chevauche en direction du château.

L'hiver vient mettre un terme aux excursions dans le parc du château, car les bêtes ne trouvent plus à se nourrir dans la forêt enneigée. Dans la nuit du 22 novembre 1788, ce sera le premier gel de l'hiver dans les citernes et l'eau ne dégèlera pas avant la fin janvier. Les grands canaux du parc du château gèlent, sur la Seine les péniches sont prises dans les glaces. Le bois de chauffe vient à manquer, les prix de la farine et du pain grimpent d'une semaine sur l'autre.

À Montreuil, les bêtes restent le matin dans la chaleur de leurs étables, Jakob leur donne du fourrage venu des greniers d'autres fermes qu'il ne connaît même pas. L'après-midi, pour qu'elles fassent un peu d'exercice, il les pousse à sortir dans la neige. Puis il s'assoit sous son abri et taille des boutons dans des cornes de vaches que l'abattoir royal lui fournit gratuitement. Il neige parfois un peu, les vaches se mettent alors à courir en tous sens et, de leur longue langue, à lécher les flocons de neige tombés sur leur museau.

Au crépuscule, il rentre les bêtes dans leurs étables, fend du bois de chauffe devant la cabane de fromager et fait du feu dans l'âtre. Puis il va souper dans la maison des domestiques et, plus tard encore, boire un calvados chez le grizzly, pour lequel il s'est pris d'affection. Tard dans la soirée, pour terminer la journée, il va se promener sur la colline artificielle et observe les lumières qui s'éteignent au château de Versailles.

La princesse ne lui rend plus visite aussi souvent ; et lorsqu'elle vient, ce n'est pas à pied, mais sur son cheval arabe, pour ne pas salir ses souliers dans la neige. Elle ne descend pas de sa monture, elle ne le rejoint pas sous son abri, non, elle attend en selle qu'il s'approche, puis, du haut de son cheval, elle discute avec lui de choses très matérielles, de la rigueur de l'hiver, des besoins en fourrage et de l'improductivité des poules pondeuses, due à la saison. Et s'il lui propose un verre de lait crémeux, elle refuse en remerciant, puis prend bientôt congé en alléguant de nombreuses obligations. Jakob retourne alors à son abri, boit lui-même le pichet de lait et continue à tailler des boutons dans les cornes.

Il revoit la princesse au cours de la journée. Il l'aperçoit qui traverse la cour, à un jet de pierre de là, pour donner des instructions aux valets. Il l'aperçoit qui surveille la livraison de bois de chauffe. Il l'aperçoit qui distribue des légumes aux pauvres près de l'entrée, des légumes qu'elle a dû acheter, les ressources du domaine étant épuisées depuis longtemps. Et le soir, juste à l'heure où Jakob ramène les vaches à l'étable, il l'aperçoit qui rassemble les servantes autour d'elle et va dans la maison pour une partie de billard avec elles.

Jakob, tandis qu'il fend du bois devant sa cabane de fromager, aperçoit alors aussi la fenêtre illuminée du salon de billard. Il aperçoit les silhouettes des femmes tournant autour du billard avec leurs queues, il aperçoit leurs postérieurs tendus et leurs décolletés quand elles se penchent au-dessus du tapis vert, et il aperçoit la petite silhouette d'Élisabeth qui se tient parfois à la fenêtre dans sa royale solitude, le regard perdu dans le crépuscule hivernal. Et comme il suppose que c'est lui qu'elle cherche des yeux, il fait mine de ne pas la remarquer et lui tourne le dos avec délicatesse.

Ce rigoureux hiver touche à sa fin. La neige fond, les crocus fleurissent dans les prairies. Élisabeth s'est accoutumée aux dos obstinément tournés des paysans. Elle sait désormais qu'elle et les paysans ne sont pas et ne peuvent pas être égaux, et elle s'en accommode ; mais s'il est impossible d'être heureux avec eux dans le meilleur des mondes, un bonheur les uns à côté des autres devrait tout de même exister ; cela au moins devrait être possible, Élisabeth ne veut pas y renoncer.

Mais, se demande-t-elle, pourquoi son vacher suisse est-il si manifestement malheureux à Montreuil ? Car, même depuis l'autre côté du champ de pommes de terre, elle voit bien qu'il a du chagrin, avec son front obstinément baissé tandis qu'il fait du bois devant son billot. Que lui manque-t-il ici ? N'a-t-il pas assez à manger, n'a-t-il pas un toit ? N'a-t-il pas dans son étable les meilleures vaches ? N'a-t-il pas la compagnie d'aimables camarades de travail et de jolies jeunes filles ? Le soleil n'est-il pas déjà un peu plus chaud ? La belle saison ne revient-elle pas pour lui aussi ? Qu'a-t-il donc à rester assis dehors, seul, broyant du noir, s'isolant des autres comme une goutte d'huile dans de l'eau ? Que veut-il donc ?

— Est-ce que je peux t'interrompre ici ? demanda Tina.

— Mais bien sûr, dit Max. Je me disais aussi que tu n'allais plus rester tranquille bien longtemps.

— Existe-t-il des preuves factuelles de ce qui se trame là entre la salle de billard et la pâture ?

— Qu'est-ce qui se trame là, selon toi ?

— Ne charrie pas.

— Bien sûr que j'ai des preuves pour ce qui se prépare. C'est une histoire vraie, ne l'oublie pas.

— Je croyais que ça n'importait pas.

— Comment ça ?

— Au début, tu disais que ce n'était pas tellement important, qu'une histoire soit vraie. L'important était qu'elle sonne juste.

— Mais pour certaines histoires, il est important qu'elles soient vraies, car si elles étaient inventées, elles ne sonneraient pas juste. Tu me suis ?

— À grand-peine.

— Cette histoire, par exemple, si elle n'était pas vraie, au plus tard à partir de maintenant je ne pourrais plus raconter la suite.

— Pourquoi ?

— Parce que ce serait trop. Imagine ce qui arrive ensuite. Donc, la princesse est à la fenêtre et se creuse la tête pour savoir pourquoi son vacher est si malheureux. Elle craint qu'il ne soit atteint de cette maladie typiquement suisse, tellement répandue parmi les mercenaires du château qu'on l'appelle *la maladie suisse* ; même les philosophes de Paris s'intéressent à ce phénomène. Denis Diderot lui consacre un article entier de son *Encyclopédie* à l'entrée "Hemvé", et Jean-Jacques Rousseau écrit ceci dans une lettre : "Il est fort singulier qu'un pays si rude et dont les habitants sont si enclins à sortir leur inspire pourtant un amour si tendre, que le regret de l'avoir quitté les y ramène presque tous à la fin, et que ce regret donne à ceux qui n'y peuvent revenir une maladie quelquefois mortelle, qu'ils appellent, je crois, le *hemvé*."

Élisabeth n'a jamais éprouvé le mal du pays, le *"Heimweh"*, puisqu'elle ne l'a jamais quitté, son pays. D'ailleurs, le français n'a pas de mot pour *Heimweh*, car les Français évitent en général de quitter sans nécessité leur pays pour un pays étranger, tant que leur armée n'a pas conquis ce pays étranger et n'y a pas introduit le français comme langue officielle.

Voilà pourquoi Élisabeth ne peut pas imaginer qu'on puisse avoir la nostalgie des sommets, des versants pierreux et des fonds de vallée verts. En revanche, elle sait elle aussi ce que sont des envies non comblées, de même qu'une vague appétence, une nostalgie sans nom et un désir sans espoir ; ce doit être quelque chose de ce genre qui pèse à son berger.

Debout ainsi à la fenêtre, elle oublie un instant les servantes et la partie de billard. Le feu crépite agréablement dans la cheminée. Les servantes, elles, n'oublient rien et ne quittent pas Élisabeth des yeux un seul instant. Elles continuent à tourner autour du billard, à pousser les boules d'ivoire en bavardant et en riant, comme si de rien n'était, mais dans le même temps elles notent le moindre froncement de sourcils de leur maîtresse, le moindre soupir muet, la moindre mèche rejetée pensivement derrière l'oreille ; car les servantes, il faut le savoir, sont les plus attentifs et les plus efficaces services secrets au monde. Tout au long de la journée, elles voient, entendent, sentent tout ce qui se passe dans la demeure de leurs maîtres, et même la nuit, l'une d'elles est toujours éveillée, tendant l'oreille, afin de pouvoir rendre compte aux autres le lendemain matin à l'heure du déjeuner si quelque chose d'intéressant s'est produit dans l'obscurité ; à cela s'ajoute qu'elles sont dans les meilleurs termes avec les servantes des autres maisons. Les employés de maison masculins, en comparaison, sont impropres à l'espionnage, car ils sont la plupart du temps contents de devoir ne rien voir, ne rien entendre et ne rien dire. Tandis que les servantes sont constamment assoiffées de savoir et, pour cette raison même, quasi omniscientes et le plus souvent prêtes à fournir des informations. Elles règnent sur le linge et la vaisselle sales et sur de discrètes mansardes, pour chaque événement elles ont une explication et peuvent souvent prédire ce qui arrivera.

Cela, la princesse le sait, puisqu'elle a eu sa vie entière un commerce étroit avec des servantes. Elle se détourne de la fenêtre et retourne au billard. Les servantes continuent de jouer comme si de rien n'était ; tout au plus parlent-elles un peu plus bas qu'à l'accoutumée. L'une verse du thé, une autre remet du bois dans la cheminée, une troisième tire les rideaux. Élisabeth aussi fait comme si de rien n'était ; elle s'empare d'une queue et se met à jouer. La partie suit son cours, mais les rires s'éteignent peu à peu, les bavardages se tarissent ; un silence total règne bientôt, excepté le bruit des boules qui s'entrechoquent et le froufrou des robes. Les femmes sont autour du billard, à l'affût. La tension monte tout comme la joie anticipée, car toutes savent qu'il va bientôt se produire quelque chose d'intéressant et de mémorable. Le silence sera bientôt rompu, et c'est la princesse qui le rompra, qui seule y est autorisée ; la question est de savoir à quel moment et comment elle le rompra.

Élisabeth apporte enfin le soulagement. Et comme elle sait bien que toutes savent de quoi il retourne, elle n'y va pas par quatre chemins et, désignant la fenêtre avec sa queue, elle dit :

"Mais qu'est-ce qu'il a ?"

Autour du billard, on respire enfin. Les jupons froufroutent, les pieds trottinent. Les jeunes filles reposent les queues sur le tapis vert, inspirent profondément et se lancent, d'abord en marmonnant, hésitantes, puis avec toujours plus d'animation et de courage, jusqu'à ce que toutes parlent en même temps, rivalisant de détails sur ce qu'elles ont pu apprendre sur Jakob depuis son arrivée.

"C'est un gars renfermé, ça oui, on peut le dire. À part parler à ses vaches, il ne dit pas un mot à personne. Tout au plus bonjour, oui, et merci et bonne nuit, mais il s'en tient là.

— On ne croirait pas comme ça, mais il est fort. Un jour, il a redressé à mains nues un fer qui se plaçait mal sur le sabot d'un cheval.

— Son dessert préféré, c'est du bleu avec des poires et des noix.

— Son seul ami, c'est le castrat, il va le voir tous les soirs.

— Je crois bien qu'il a souvent du mal à s'endormir. En tout cas, il y a de la lumière chez lui pendant la moitié de la nuit.

— Il a des mains élégantes. Et de beaux ongles. Comme une fille.

— Non, il n'a pas le hemvé. Ce n'est pas ça. Quand les Suisses ont le hemvé, ils chantent des chansons tristes et ne parlent que de montagnes enneigées. De sacrées balivernes. Insupportable.

— Et puis il sent bon. Le pain de seigle tout chaud.

— Au début, je croyais qu'il avait la grosse tête. Mais maintenant, je crois qu'il est seulement timide.

— C'est souvent le cas, que les timides aient l'air arrogant.

— Mais l'inverse aussi.

— J'aime quand un homme est timide. Tous ceux qui sont vraiment forts sont timides.

— Mais tous les timides ne sont pas forts.

— Il lui arrive de vous regarder comme ça avec ses yeux gris.

— Si on lui donne quelque chose à regarder, alors là il regarde.

— Mais il ne fait pas les yeux doux.

— Ça non.

— Mais qu'est-ce qu'il a donc ? demande la princesse, que l'étiquette de la cour oblige à ne savoir rien en matière de sensualité.

— Eh bien c'est évident.

— Je l'ai su dès le premier jour.

— Moi aussi. Au premier coup d'œil.

— On voit ça à une lieue de distance.
— Quoi donc ?
— Il a une jeune fille dans son pays.
— Elle s'appelle Marie.
— Qui a dit ça ?
— Le castrat.
— Jeune, enfin… Elle a quand même vingt-neuf ans, la jeune fille.
— Et alors, il est encore plus vieux, lui.
— Le castrat dit que le père de la jeune fille est riche, tandis que lui est pauvre. Et qu'ils ne peuvent donc pas se marier.
— Mais elle ne veut personne d'autre que lui. Elle l'attend. Depuis dix ans.
— Et lui, il l'attend, elle. Lui non plus ne veut pas d'une autre.
— Ah bon, une jeune fille ! s'exclame la princesse. Si ce n'est que cela. On n'aurait pas pu lui apporter les Alpes jusqu'ici. Mais une jeune fille, nous y arriverons."

Le même jour, au souper, entre le gigot d'agneau et le roulé de bœuf, Élisabeth raconte à son frère le malheur que, sans le savoir, elle a jeté sur son vacher et sur sa bien-aimée.

"Ces Suisses, dit le roi, ils trouvent toujours quelque chose pour se lamenter, alors qu'eux-mêmes sont de sacrés pignoufs. Est-ce que ton vacher n'a pas tout simplement le hemvé ?"

La sœurette secoue la tête.

"C'est à cause de la fille.
— Alors laisse-le tranquille, dit le roi en se passant sur la joue sa main ornée de bagues. Il a bien le droit d'être malheureux, cet homme.

— Mais pas à Montreuil, dit Élisabeth. Je veux qu'à Montreuil, tout le monde soit heureux.

— Alors renvoie-le. Ainsi tu le rendras heureux et tu n'entendras plus ses jérémiades.

— Mais je veux le garder. C'est le meilleur de tous les vachers. Les vaches lui obéissent comme des chiens. Et elles donnent deux fois plus de lait.

— Dans ce cas il n'y a qu'une seule solution, dit le roi en pointant les lèvres d'un air roublard.

— Laquelle ? demande la princesse avec une feinte innocence.

— Faire venir la fille.

— Excellente idée.

— Mais il faudra alors que les deux se marient. Je ne veux pas de désordre.

— Certainement, dit la princesse.

— Laisse-moi faire, dit le roi, heureux de pouvoir, pour une fois, user de son autorité pour résoudre un problème. Un de nos lèche-bottes suisses va écrire une lettre en Suisse. Si possible le bègue, de la région de Fribourg, comment s'appelle-t-il, déjà ?

— De Diesbach, dit Élisabeth. D'ailleurs, il ne bégaie pas, c'est vraiment son nom.

— Peu importe, dit le roi. Qu'on fasse venir ce Diesbach immédiatement, il écrira la lettre et j'y apposerai mon sceau.

— Pouvons-nous dépêcher un messager ? Dès aujourd'hui ?"

Cette scène se passait, rappelons-le, un soir à la fin du mois de mars 1789. Si le messager spécial ne fut pas attaqué sur la route, s'il n'attrapa aucune maladie, ne fut jamais impliqué dans une rixe entre ivrognes et ne s'amouracha pas d'une prostituée, il lui fallut au plus une dizaine ou une douzaine de jours à cheval pour rejoindre Fribourg, où il arriva donc dans la première ou la deuxième semaine d'avril 1789. On peut l'imaginer demandant une audience au capitaine von der Weid et lui remettant la lettre, sur quoi le capitaine, toutes affaires cessantes, dans une calèche attelée de deux chevaux et une escorte de trois hommes, se rendit dans le pays de Gruyère.

C'est la fin de l'après-midi, le fermier Magnin est, comme à l'accoutumée, assis sur le banc près des poiriers en espalier et fume la pipe. Il aperçoit le nuage de poussière sur la route, puis la calèche et les soldats, et reconnaît finalement le capitaine von der Weid. Il sait que cela n'augure rien de bon. Quand la calèche tourne pour pénétrer dans la cour, il se lève et entre dans la maison.

Les bottes du fermier et celles du capitaine foulent d'un pas lourd le parquet de chêne du salon. On déplace des chaises, une servante pose de petits verres et une bouteille sur la table. Le fermier s'assoit avec effort en soupirant et, les yeux mi-clos, examine la lettre cachetée posée sur la table. Le capitaine commence son discours, le fermier l'écoute sans laisser rien paraître. Cette fois, il ne se mettra pas à hurler. Il sait qu'il ne fait pas le poids face au capitaine et au sceau des Bourbons. Il est assis là, immobile ; on pourrait le croire endormi. Mais il est on ne peut plus éveillé, la machine à calculer crépite sous son crâne de fermier. Il a perdu, toute résistance est vaine, il en est conscient. Il cherche désormais un moyen de retourner sa défaite en victoire.

"Allons, grogne le fermier une fois que le capitaine en a fini, eh bien soit." Si sa fille tient absolument à ce lourdaud des Alpes, qu'elle le prenne, au nom du ciel. À son âge, elle ne trouverait plus d'honnête garçon, même pas un veuf. "Si le roi de France veut les entretenir, ces deux-là, tant mieux."

Ainsi parle le fermier, croyant qu'il se devait de le faire et qu'on attend cela de lui. Mais en son for intérieur, il se dit autre chose ; car loin d'être un monstre, il est, je l'ai dit, juste un ours mal léché.

Quel temps perdu stupidement, se dit le fermier en suçant les restes de nourriture coincés entre ses dents. Je me serais épargné pas mal de tracas si je les avais donnés l'un à l'autre dix ans en arrière. Mais bon, on est toujours plus avisé après. Qui aurait cru que ces deux-là seraient tellement obstinés, a-t-on jamais vu une chose pareille. En général, les jeunes tourtereaux finissent par laisser tomber et par faire ce qu'on leur dit de faire. Mais ces deux-là, non. Dieu sait ce qu'ils se trouvent pour être tellement têtus. Parce qu'enfin, soyons honnêtes, des balourds des Alpes comme ce balourd des Alpes-là, on en trouve par douzaines dans n'importe quel patelin, il suffit d'aller au bal le jour de la kermesse, et les gentilles filles comme Marie, avec un grand cœur et de jolis mollets, elles courent la campagne en toute saison. Peut-être bien que ça existe, ce bonheur d'avoir trouvé l'être qu'il faut, l'autre moitié, celle qui est mystérieusement unique et irremplaçable, je n'en sais rien. C'est bien possible. Après tout, c'est comme ça chez les oies ; d'un autre côté, c'est bien différent chez les bœufs ; chez eux, un taureau est un taureau et une vache est une vache. Quoi qu'il en soit, c'est dommage pour toutes ces années perdues, Marie n'est plus toute jeune désormais ; elle a déjà des ridules au coin des yeux, et des mèches grises aux tempes. Mais face à une telle obstination, il n'y a rien à faire. Si deux comme eux veulent vraiment être l'un à l'autre, alors ils le veulent. On peut toujours, à court terme, les séparer à coups de fouet et les tenir à l'écart à l'aide de cordes à veau, mais dès que tu as le dos tourné, ils se sont déjà rapprochés. Ils sont comme les oies, ces deux-là, et en fait, on n'a qu'à les en féliciter. La plupart des gens sont des bœufs, ils se marient à quelqu'un, n'importe qui, parce que c'est ce qui se fait ; ces gens-là, les bœufs, c'est seulement à la seconde de leur mort qu'ils entrevoient à quel point la vie est merveilleuse. D'autres, et ce sont alors les oies, ils le savent dès le jour de leur naissance, peut-être même avant. Moi, ma petite Joséphine me plaît toujours, si je suis honnête. Dieu sait pourquoi, qu'on vienne donc me l'expliquer. Eh ben, soit. Maintenant, ça n'a plus guère d'importance.

Ainsi s'effilochent les pensées du fermier. Pour les mener proprement à bout, il frappe sur la table de la paume de la main et appelle sa Joséphine. Il n'a pas à crier bien fort, la porte est ouverte et sa femme est dans le corridor. Tous les habitants de la maison y sont, les oreilles dressées. Il le sait bien, le paysan, car il le connaît, son monde.

"Dis à Marie qu'elle se prépare pour voyager.

— Quand ?

— Tout de suite. Le capitaine attend."

La fermière appelle Marie. Elle non plus n'a pas à crier bien fort, Marie est aussi dans le couloir.

"Un bagage léger s'il vous plaît, dit le capitaine, il n'y a pas beaucoup de place dans la malle charrette.

— Et le coffre avec le trousseau ?

— Il doit malheureusement rester ici.

— Si la fille doit se marier, dit la mère, elle a besoin de son trousseau.

— La charrette sera pleine, dit le capitaine. Il y a beaucoup de circulation sur la route de Versailles. Le roi a convoqué les états généraux.

— Quoi ?

— Rien, rien, dit le capitaine avec un geste de la main. En tout cas, nous ne pouvons pas emporter ce coffre, je suis désolé. Le mieux sera de le faire envoyer plus tard.

— Pourquoi se tracasser ? dit le fermier. Le coffre restera ici, on ne manque sûrement pas de cuillers en argent à Versailles. Marie ! Vas-tu venir ?"

Marie fait alors son entrée dans le salon. Elle a déjà jeté son manteau sur ses épaules et tient sa valise à la main. Le capitaine se lève et esquisse une révérence. La mère pleure. Le père est tourné vers la fenêtre comme si tout cela ne le regardait plus. Il a tout réglé avec le capitaine, maintenant il peut se taire. Il ne va pas ressasser tout cela à cause des deux femmes.

Marie n'est pas mécontente qu'on ne fasse pas de grands discours. Pour elle, tout est clair.

"Es-tu prête ? demande le père.

— Nous pouvons y aller, dit Marie. Je vais seulement en vitesse au petit coin."

Les adieux sont rapides. Dehors, il a commencé à bruiner. De brèves et maladroites accolades devant la calèche, les faces aplaties des frères et sœurs brillent d'un éclat blanc dans le crépuscule. Les chevaux attelés piaffent sur le pavé humide, Marie jette un dernier coup d'œil par-dessus son épaule, et il suffit d'une heure pour qu'elle soit plus loin de la maison qu'elle ne l'a jamais été. À l'arrivée à Fribourg, le capitaine von der Weid trouve une chambre dans une simple pension. Le lendemain matin, le mercredi 15 avril 1789, il accompagne Marie au bureau des passeports et lui en fait établir un. Puis il achète deux places pour la malle charrette à destination de Versailles.

Durant les deux semaines que dure le voyage de Marie et du capitaine, on est à Montreuil dans une impatiente expectative. La princesse Élisabeth s'est donné pour mission d'assurer aux deux amoureux les plus heureuses de toutes les retrouvailles possibles.

Elle songe d'abord à garder le secret sur l'affaire pour faire à Jakob la surprise de l'arrivée de Marie. Mais elle y renonce, car les surprises ne procurent du plaisir qu'à ceux qui tirent les fils et sont toujours ressenties comme violentes par ceux que l'on surprend ainsi.

Dans le meilleur des mondes, se dit la princesse, les amoureux ne sont pas réunis par un décret des autorités, mais se trouvent par leurs propres moyens et sans escorte soldatesque. Aussi décide-t-elle de demeurer en retrait et de préparer Jakob à l'arrivée de Marie par l'intercession du castrat. Ce dernier devra d'abord découvrir si l'amour de Jakob est intact et s'il veut vraiment conduire Marie à l'autel ainsi que le roi l'exige.

Bien entendu, le grizzly sait qu'il n'a pas à poser ces questions à Jakob, dont il est le meilleur ami. Aussi, ce soir-là, à la nuit tombante, à l'heure exacte à laquelle Jakob a l'habitude d'escalader le mur, il chante l'*Ave Maria* ; c'est une plaisanterie qu'il peut se permettre. Et plus tard, une fois qu'il a transmis la nouvelle à Jakob et dissipé toute incrédulité, tout doute et toute méfiance, il prend Jakob dans ses bras puissants pour que ce dernier puisse pleurer des larmes de bonheur sur la poitrine d'ours de son ami.

Pour le reste, la vie suit son cours normal, les bouleversements du monde ne se font guère sentir derrière les murs d'enceinte de Montreuil. Les poules ont recommencé à pondre et les vaches sont pleines, les arbres fruitiers fleurissent et, à moins d'un gel tardif, ils promettent de donner beaucoup cette année. D'après la dernière édition de l'almanach royal, cinq mille sept cent quatre-vingt-neuf années se sont écoulées depuis la création du monde, le Déluge remonte à quatre mille cent vingt-neuf années et la monarchie française existe depuis mille trois cent soixante-neuf années.

Ces jours sont, pour Jakob Boschung, des jours d'attente. Il lui arrive souvent de laisser les vaches paître seules pour courir à la porte d'entrée s'asseoir sur le mur d'enceinte et surveiller l'avenue de Paris sur laquelle la circulation est inhabituellement intense depuis quelques semaines. Jour et nuit affluent à Versailles, venant du pays entier, paysans, citadins, hobereaux et prêtres désireux de parler avec le roi du prix du pain et de la pression fiscale, et derrière eux accourent des hordes de badauds, agitateurs, tire-laines, vivandières, aventuriers, comploteurs et autres tranche-montagnes. Le pays entier paraît vouloir se rassembler au château, la route s'engorge, toutes les chambres d'hôtel et jusqu'aux pièces sous les combles sont louées à des prix faramineux. Retardataires et indigents s'installent dans les fossés où ils bivouaquent pendant des semaines, voire des mois, certains d'entre eux tout contre le mur d'enceinte de Montreuil. Les gardes de l'entrée ont pour stricte consigne de ne donner accès à personne.

Il se trame quelque chose à Versailles.

Assis en haut du mur, Jakob attend. Il passe là plusieurs heures par jour, même s'il pourrait se dispenser d'y être du matin jusqu'à midi, puisque Marie n'arrivera très certainement pas avant l'après-midi – car les voyageurs, c'est là une loi fondamentale de l'itinérologie, n'arrivent jamais à destination le matin ou à midi, mais toujours l'après-midi ou en soirée. La raison en est que la dernière partie du trajet est toujours longue, impossible à couvrir en une matinée ; car si elle était plus courte et ne devait durer, disons, que deux ou trois heures, le voyageur serait bien avisé de l'ajouter à celle parcourue la veille du dernier jour de voyage, peut-être au risque d'avoir des crampes aux mollets et de devoir serrer les dents, mais en étant récompensé du fait que l'avant-dernier jour de voyage serait alors le dernier.

C'est donc à une heure tardive, en une après-midi de fin avril 1789, que Marie arrive à Versailles. Aucun événement particulier n'est à signaler durant son voyage, du moins n'en ai-je pas connaissance. La charrette se fraie la route parmi les cohortes de gueux marchant de part et d'autre de l'avenue de Paris. Quand elle s'immobilise devant la porte, Marie prend congé du capitaine et descend. Le hasard veut qu'à cet instant, Jakob ne soit justement pas assis sur le mur, mais dans sa cabane en train de se raser avec son couteau.

Rien n'a changé au domaine de Montreuil. Pas de fleurs pour décorer l'entrée, pas de demoiselles d'honneur, pas de petit orchestre non plus, car la princesse Élisabeth a ordonné que tout soit naturel et habituel pour l'arrivée de Marie ; peut-être un peu plus propre, un peu plus soigné, un peu plus pimpant, si faire se peut.

Le garde posté à l'entrée a reçu l'ordre de conduire Marie, sans questions ni formalités, à la cabane de fromager de Jakob par l'itinéraire le plus direct, mais de rebrousser chemin dès le champ de pommes de terre, afin de laisser Marie faire seule le reste du chemin. Le personnel a pour instruction de se tenir éloigné de la cabane pour quelques jours.

Apercevant la cabane dans tout le faste de son helvétisme alpestre néo-alémanique, Marie part d'un grand rire cristallin et s'élance. Derrière elle, la maison des maîtres brille d'un blanc éclatant. La porte de la cabane s'ouvre, Jakob sort. Il est rasé de frais et tient encore son couteau à la main. Il le lâche et soulève Marie dans ses bras, l'emporte vite à l'intérieur et verrouille la porte.

Le lendemain matin, la porte reste fermée jusqu'à une heure inhabituelle, le couteau est encore sur le sol. À l'étable, les vaches meuglent de mécontentement ; leurs pis sont douloureux ; elles demandent à être traites. Enfin la porte s'ouvre. Marie et Jakob sortent. Il ramasse son couteau, et tous deux nettoient l'étable, remplissent les mangeoires et traient les vaches, puis ils vont au ruisseau se baigner sous le pont japonais. Personne ne se montre, c'est comme s'ils étaient seuls au monde. Ils conduisent ensuite les bêtes au pâturage puis s'installent dans l'abri sur la couverture. Et comme ils sont très rapprochés l'un de l'autre, il reste encore de la place pour la vache-maîtresse.

Une année s'est écoulée depuis qu'ils se sont séparés au pied du col de Bellegarde ; ils se racontent tout ce qui s'est passé depuis. Il lui dira plus tard que la montgolfière, lors de son baptême, a dû voler exactement dans la portion du ciel entre Versailles et Vaucresson, sous laquelle ils sont assis à cet instant, et Marie se renverse en arrière, regarde les nuages et s'enquiert de la destinée du canard, du mouton et du coq à l'aile tordue.

Le soir venu, ils retournent traire les vaches, puis vont souper à la maison des domestiques, où les servantes sont prévenues et réservent à Marie un accueil cordial qui n'est peut-être même pas totalement feint, puis, les yeux ronds écarquillés, elles se mettent à raconter les derniers potins de la ville.

L'évêque de Paris a été bastonné en pleine rue.

Une armée de quarante mille émeutiers est en route pour mettre le feu au château de Versailles et massacrer la noblesse entière.

Des lanceurs de pierres inconnus ont détruit les vitraux de Notre-Dame.

Le roi ne peut plus s'appuyer sur l'armée, les soldats n'obéissent plus aux officiers.

Même les fidèles Gardes suisses commencent à ronchonner.

Tout part à vau-l'eau, ce n'est plus qu'une question de temps.

Ce n'est donc pas pour surprendre si, plusieurs fois par semaine, à Montreuil, une servante fait son balluchon, escalade dans le noir le mur d'enceinte et disparaît à jamais dans les profondeurs de la province d'où elle était venue et où vivaient ses ancêtres depuis la nuit des temps. Elle est libre d'agir ainsi, on ne la traquera pas, on n'ira pas la chercher et on ne la châtiera pas, car elle n'est pas soldate et n'a pas prêté serment, sans parler du fait qu'elle ne touche pas de rente à vie. Et comme il n'est pas rare qu'une servante n'escalade pas le mur toute seule, mais qu'elle prenne avec elle un valet qui l'accompagnera et la protégera, ce sont deux places qui restent vides au petit-déjeuner du lendemain.

On peut affirmer que Marie et Jakob, ce printemps-là, vécurent le paradis sur terre. Les voici à nouveau réunis, et dorénavant plus rien ne peut les séparer, car leur union est placée sous la protection personnelle du roi de France. Ils ont un beau chez-soi, un salaire assuré et largement de quoi manger, et le peu de travail qu'ils doivent fournir en contrepartie, si l'on est deux pour le faire, ne vaut même pas la peine d'être mentionné. Les petits pépient dans les nids d'hirondelles, la nuit le parfum du lilas entre par la fenêtre ouverte, on peut s'attendre à du bon temps pour les mois à venir. Après les premiers jours d'intime félicité, ils ont aussi envie d'un peu de compagnie, ils nouent des amitiés avec des servantes et des valets ; et après le souper, ils escaladent le mur d'enceinte et rendent visite au grizzly.

Les noces sont fixées au 26 mai 1789.

Tout va pour le mieux, Marie et Jakob ne pourraient pas être plus heureux – si seulement Jakob n'éprouvait pas douloureusement jour et nuit à quel point la princesse le tient par les couilles. Elle lui donne salaire, nourriture et logis, elle est la protectrice de son amour, elle lui permet d'agir à sa guise tant que les vaches se portent bien et tant qu'il ne s'échappe pas. Mais s'il s'échappait, elle le ferait enfermer. Ou enchaîner. Jakob est son ours savant. Son singe. Son canari. Son carlin. Sans doute la princesse ne pense-t-elle pas ainsi et serait-elle très étonnée qu'on lui prête de telles pensées, mais cela ne change rien aux faits.

Marie, elle, n'éprouve pas encore cette emprise. À peine soustraite à la surveillance paternelle, elle se sent libre et ne s'est pas encore heurtée aux barreaux de sa nouvelle cage. D'ailleurs, la princesse ne semble guère s'intéresser à Marie, elle n'est même pas venue jusqu'au pâturage depuis son arrivée. De temps en temps, Marie l'aperçoit de loin à la fenêtre du salon de billard, contemplant pensivement les champs de pommes de terre.

Mais comme Marie est tout de même la fille du fermier Magnin – la fille d'un vrai paysan qui règne sur une vraie exploitation agricole –, elle s'étonne toujours plus, les jours passant, de cette ferme de poupée où la voici désormais. Et c'est ainsi qu'un soir, pendant la promenade jusqu'à la colline, alors que pour couronner le tout le coucher du soleil est rouge sang derrière le noir château royal, Marie s'arrête soudain, se détache du bras de Jakob et exécute un large mouvement embrassant tout Montreuil – la montagne postiche remblayée avec des gravats, la grotte d'amour japonaise avec ses fausses fleurs de lotus, la mousse collée avec du jaune d'œuf aux rochers artificiels, les laitières qui ne sauraient être que blondes, les valets sous-employés, les simulacres de chars à bœufs avec leurs roues fixes en simple bois d'épicéa, le faux dolmen et le faux moulin à vent dont les pales ne tournent jamais et qui n'a jamais moulu un seul grain –, et puis elle lève les yeux vers Jakob et dit :

“Dis-moi, mon chéri : c'est quoi, toute cette connerie ? Qu'est-ce qu'on fait ici ?”

Les noces ont lieu un mardi à Saint-Symphorien, une église petite mais somptueuse de style néoclassique. La princesse Élisabeth ne prend pas part à la cérémonie, elle ne veut pas perturber le bonheur rustique ; l'étiquette ne le permettrait d'ailleurs pas. Les bancs de l'église sont vides, sauf ceux du premier rang où sont assis, coincés entre une double rangée de colonnes en grès bien trop massives, bien trop nombreuses et bien trop doriques, les valets et servantes de Montreuil et, au milieu d'eux, imposant et ému jusqu'aux larmes, Josephini, le grizzly. Les témoins sont Victor et Pierre, les jumeaux gardiens du domaine ; leur cousin de la garde royale les relaie le temps de la cérémonie.

Une fois l'union célébrée, le grizzly entonne *Bist du bei mir, geh' ich mit Freuden*, avec tant de ferveur et d'ardeur que l'assistance ne peut retenir ses larmes. Quand le morceau est terminé, le curé presse brièvement les mains des jeunes mariés et disparaît par une porte latérale menant directement au presbytère après une cour ceinte de murs ; car dehors, dans les rues de Versailles, la populace affamée sème la pagaille depuis plusieurs semaines et bombarde de détritus et de pierres tout ce qui porte calotte ou culottes.

Et tandis qu'autour d'eux le monde se disloque, tandis que partout dans le pays les paysans révoltés incendient châteaux et monastères et qu'à Paris des bourgeois affamés pillent les arsenaux de la police, Marie et Jakob rentrent dans leur cage dorée et conçoivent aussitôt un enfant.

— Stop ! s'écria Tina en attrapant Max par l'oreille ; dehors, l'aube pointait. C'est trop. Là, tu tires trop sur la ficelle.

— Que veux-tu que j'y fasse ? demanda Max. Ce mariage est un fait historique avéré, tout comme la conception.

— Je suppose que là aussi, tu as des preuves factuelles ?

— J'ai des copies de l'acte de mariage et du certificat de baptême, si cela peut te suffire. Le bébé, appelé Marguerite, naquit le 19 mars 1790 ; exactement dix mois après le mariage, c'est-à-dire à la date la plus précoce possible biologiquement parlant. Voilà pour toi, je te l'avais bien dit.

— Quoi ?

— Le bébé est venu au monde à la date la plus précoce possible. Ça prouve bien que Jakob n'avait pas de problème avec son machin. Il était prêt.

— Ben voyons.

— Je le dis uniquement parce que tu insinuais des choses.

— D'accord.

— Je tiens seulement à mettre les choses au clair.

— C'est noté. Alors je dois supposer qu'avant, ils appliquaient une méthode contraceptive efficace. Est-ce qu'on pouvait déjà empêcher la conception, à l'époque ?

— Ça oui.

— Comment ?

— Tu ne veux pas savoir.

— Tu ne veux pas le dire.

— On utilisait par exemple du boyau de mouton ou un mélange de salive et de tabac à chiquer.

— Je n'ai pas envie d'entendre ça.

— C'est bien ce que je disais.

— Quelle heure est-il ?

— Sept heures moins vingt. Il commence à faire clair dehors. Mets les essuie-glaces en marche.

— Regarde, il ne neige plus.

— Le chasse-neige va bientôt arriver. Je termine rapidement mon histoire ? Il n'y en a plus pour très longtemps.

— Vas-y.

— Même après la prise de la Bastille, Montreuil reste un îlot de paix dans une mer d'agitation. Et la ferme a beau avoir perdu au cours de l'été une grande partie de son personnel, les bêtes à cornes continuent de paître, les fruits à mûrir sur les arbres et les greniers à se remplir. Mais comme l'avenue pullule de personnes étrangères, oisives, manifestement crève-la-faim et sans domicile, il faut renforcer la garde à l'entrée. Les jumeaux Pierre et Victor restent maintenant vingt-quatre heures sur vingt-quatre ensemble à leur poste et dorment alternativement sous une tente derrière le mur. À minuit, ils détachent les chiens de garde qu'ils ont amenés de la caserne et, au lever du soleil, quand Montreuil s'éveille, ils les sifflent.

Le grizzly ne chante plus son chant vespéral ; en un temps tel que celui-ci, il ne serait pas très sage d'attirer inutilement l'attention par des moyens optiques, acoustiques ou olfactifs. De même, il n'allume plus sa maison le soir, mais reçoit Marie et Jakob dans l'obscurité et, ensuite, il ne va plus se coucher dans son lit, mais dort sur un lit de camp dans la remise à outils. Et son sac de voyage est toujours fait et à portée de main pour le cas où il faudrait s'enfuir subitement.

Cette année aussi, au solstice, les pâturages sont entièrement broutés. Marie et Jakob, cette fois encore, conduisent les troupeaux dans le parc du château. Il n'y a plus là aucun chien errant, car tous ont atterri pendant l'hiver dans les marmites des plus pauvres ; les badauds aristocrates ne se montrent pas non plus. En revanche, cela grouille de claquedents et de soldats pillards qui, à la vue du petit bétail de Jakob, sont pris d'une fièvre de chasse. Au début, Jakob défend encore les bêtes lorsqu'une de ces silhouettes faméliques sort du sous-bois, puis il les laisse faire ; d'abord parce qu'il faudrait être un monstre pour interdire le vol de nourriture à qui meurt de faim, ensuite parce que, pour les poules, oies et agneaux, il n'y a pas de plus noble destination que de finir embrochés au-dessus de braises rougeoyantes.

Bien avant Marie elle-même, Jakob s'aperçoit que celle-ci attend un heureux événement. Cela se produit deux semaines après le mariage, en route pour la maison du grizzly chez lequel ils vont boire leur petit verre quotidien, lorsque Marie, au lieu de sauter comme à l'accoutumée du haut du mur d'enceinte sur le sol de la forêt reste assise en haut, les bras croisés, l'air buté.

“Que se passe-t-il ? demande Jakob.

— Ce mur est trop haut, répond Marie. Je ne sauterai pas.

— Hier encore tu as sauté, dit Jakob. Et avant-hier aussi. Sans problème.

— Et alors, répond Marie. Nous sommes aujourd'hui."

Tiens tiens, songe Jakob.

Il donne une main à Marie et la fait descendre, puis il décide d'exaucer dorénavant le moindre de ses souhaits avant même qu'elle ne l'éprouve.

Désormais, c'est le grizzly qui, chaque soir, escalade le mur et rend visite à Marie et Jakob dans leur cabane. Ils prennent place tous trois sur le banc. Les hommes mettent Marie entre eux deux et la nourrissent des mets extravagants qu'elle souhaitait manger la veille. Ce ne sont bien évidemment pas ceux qu'il lui faut à l'heure actuelle, car elle les a souhaités la veille et aurait ce soir une fringale de tout autre chose, mais elle se réjouit tout de même de la sollicitude maladroite de ses amis et mange toujours jusqu'à la dernière miette, puis elle se lève, s'étire les reins en soupirant et dit qu'elle a trop mangé.

La chaleur de l'été s'atténue peu à peu, l'automne arrive ; le soir, les prairies sont humides. Le grizzly reprend son habitude de chanter un air chaque soir à Marie et Jakob, non plus en claironnant, mais tout bas, presque en chuchotant. Il vient s'asseoir entre eux sur le banc, passe ses longs bras autour de leurs épaules en penchant sa petite tête de côté et, quand l'air est fini, tous trois s'abandonnent à leur hemvé.

Ils terminent souvent la soirée par une promenade sur la colline. Arrivés au sommet, ils regardent le château royal plongé dans la nuit.

“Il n’y a presque plus de lumière, dit Marie.
— Eh oui, dit le grizzly.
— La première fois que je suis montée ici, toutes les fenêtres étaient illuminées.
— C’était avant le 14 juillet, dit le grizzly. Les moucheurs de chandelles étaient encore là.
— Qui ?
— Les moucheurs de chandelles. Il y a cent mille chandelles au château. Chaque soir quelqu’un doit les allumer. Puis les éteindre. Et, le lendemain matin, remplacer les restes par des chandelles neuves.
— Je comprends, dit Marie. Ce n’est pas une mince besogne. Et les moucheurs sont partis ?
— Ils ont tous déguerpi. En une seule nuit.”

C’est ainsi que le grizzly en vient à raconter cette nuit d’été qui suivit la prise de la Bastille et où la panique s’empara du plus grand château du monde ; cette nuit durant laquelle non seulement une grande partie des milliers de domestiques, mais aussi la quasi-totalité de cette caste qui pendant des siècles avait régné de droit divin sur le pays et ses habitants, avait pris la poudre d’escampette, en catimini, comme une bande de voleurs. Il évoque la foule de caméristes et de laquais qui s’étaient enfuis du château, et les princes, les cocottes et les dignitaires qui avaient rassemblé le strict nécessaire avant de détaler ; les lettres compromettantes qu’ils ont brûlées dans les cheminées et les joyaux qu’ils ont de leurs propres mains cousus dans leurs vêtements tandis que toute la nuit, protégés par l’obscurité, des attelages par centaines, calèches, carrosses et fiacres, s’avançaient, que les chevaux renâclaient et piaffaient et que les cochers émettaient de petits sifflements pour signaler que la voiture était prête ; et puis les bottes et bottines qui se hâtaient sur les pavés, les portières rembourrées qu'on claquait, les roues cerclées de fer des carrosses crissant sourdement sur les pavés et s'éloignant dans la nuit sans lune. Le grizzly raconte comment le ministre des Finances du royaume de France fila sous la bure d'un bénédictin avant de démissionner pour raison de santé depuis son exil suisse, tandis que le ministre des Affaires étrangères s'enfuit en Angleterre déguisé en négociant et que le frère du roi s'esquiva incognito à l'aube en Italie ; et que pour finir ce fut le ministre de la Guerre lui-même qui, fier et couard, prit le large avec plusieurs régiments de cavalerie et d'infanterie.

"Et le roi ? demande Marie.

— Il est resté au château, répond le grizzly. Et avec lui la reine, leurs enfants et la princesse Élisabeth.

— Pourquoi ?

— Parce qu'ils n'ont encore jamais vécu ailleurs qu'à Versailles. Et parce qu'ils ne savent pas comment il faudrait s'y prendre. Alors ils restent, et avec eux quelques centaines de domestiques trop vieux, trop jeunes ou trop froussards pour prendre la fuite.

— Et toi ?

— Moi aussi je suis trop jeune, trop vieux et trop froussard. Je chante son air au roi, c'est ma mission. Tant que le roi reste à Versailles, j'y reste aussi. Tu vois ces fenêtres éclairées au milieu ? Ce sont les appartements du roi."

Le moment est venu de redescendre. Victor et Pierre lâcheront bientôt les chiens, il faut que d'ici là le grizzly ait disparu derrière le mur d'enceinte. Ils se disent au revoir devant la cabane. Jakob donne à son ami une…

— Hé, Max ! Regarde, voilà le chasse-neige !

Dehors, le jour se levait. Il faisait encore nuit noire à l'ouest mais les montagnes étaient déjà bleu clair et les sommets les plus élevés luisaient de rose. La tempête de neige s'était calmée, un jour d'hiver ensoleillé et sans nuages s'annonçait.

— Où ?

— Là !

— Je ne vois rien. Ah oui !

Un reflet orange se détachait sur le bleu clair du versant opposé couvert de neige. Il s'estompait, s'accentuait, s'estompait, s'accentuait, devenant de plus en plus net. Puis retentit le bourdonnement d'un moteur diesel à grosse cylindrée, d'abord faiblement, puis de plus en plus fort, et ensuite le crissement de l'acier raclant l'asphalte.

— Vite, descendons !

Tina tira sur la poignée en poussant la portière, mais la carrosserie de la Corolla était totalement prise dans les amas de neige.

— Attends un peu, dit Max. Nous ferions peut-être mieux de…

Au même instant, le chasse-neige s'engagea dans le virage. C'était un monstre orange d'Unimog à chaînes rouillées tendues autour de roues hautes comme un homme, avec un gyrophare orange sur le toit de la cabine et, devant le capot, sur toute la largeur de l'engin, une énorme fraise à neige à rotation horizontale qui déblayait la route.

Le conducteur avait un bonnet de ski marqué Crédit Suisse sur la tête, un anneau doré à l'oreille droite et un cigarillo aux lèvres. Il regardait impassiblement la chaussée enneigée. Et ne remarquait pas la Toyota bloquée par la neige.

L'engin montait la pente au ralenti, la neige découpée était expulsée par deux turbines parallèles qui la projetaient à toute volée côté montagne. Quand l'engin fut arrivé à la hauteur de la Toyota, la neige se mit à tambouriner avec des sons creux sur la tôle rouge, d'abord sur le capot, puis sur le toit et finalement sur le hayon arrière, après quoi elle se remit à tomber en silence sur le bord de la chaussée et le véhicule disparut au virage suivant. Le feu du gyrophare s'estompa, le bruit du moteur diminua, et la Toyota resta là, ensevelie sous une épaisse couche de neige.

— Il ne nous a pas vus, dit Max. Il faisait de nouveau nuit noire à l'intérieur de la voiture.

— Tu m'en diras tant, lança Tina.

Elle alluma l'éclairage intérieur.

— Je trouve que tu devrais maintenant mettre les essuie-glaces en marche, dit Max. C'est tout de même une certaine quantité de précipitations qui s'est abattue sur nous.

— Tu crois que le pare-brise est suffisamment mouillé ? demanda Tina. Je ne voudrais pas que le caoutchouc frotte sur le verre.

— Ça m'étonne que le conducteur ne nous ait pas vus. Quand même, il aurait dû nous voir.

— Il n'a peut-être pas voulu nous voir.

— Qui sait s'il n'avait pas reçu la consigne de ne pas nous voir.

— Histoire de nous punir.

— Peut-être que l'Office de la circulation routière donne pour directive aux conducteurs de chasse-neige d'ignorer les imbéciles bloqués par la neige comme nous.

— Je trouverais ça bien.

— Oui, en principe. L'idée est bonne.

— Ça m'étonnerait pas. Sont comme ça, les montagnards. Font ces trucs-là.

— Ils aiment pas ceux comme nous.

— On peut les comprendre.

— Ce serait quand même gentil qu'ils viennent nous chercher un jour ou l'autre.

— Au plus tard au printemps.

— Après la fonte des neiges.

— Avec le camion de remorquage et le corbillard.

— D'un autre côté, rien ne nous oblige à attendre ça ici.

— Nous pouvons aussi nous en aller, si ça nous chante.

— Il fait beau et la route est dégagée.

Il était définitivement impossible d'emprunter la sortie conventionnelle par les portes pour sortir de la Toyota, et Tina et Max baissèrent les vitres latérales. Derrière elles apparurent des murs de neige, dur et impénétrable pour celui du côté conducteur, tandis que, du côté passager, le mur céda après quelques coups de poing. Par un petit trou, la lumière du jour pénétra dans la voiture. Max élargit le trou, par lequel ils purent tous deux se hisser en se contorsionnant.

Ils se retrouvèrent alors sur la route. Clignant des yeux dans la clarté du petit matin. L'air était vif et cinglant, le froid leur brûlait le visage. Sous leurs chaussures crissait une mince couche de neige que le chasse-neige avait laissée sur la chaussée sous son rabot d'acier. Les montagnes se dressaient majestueusement vers le ciel, splendides, abruptes, décourageantes.

— Dis donc, Max, dit Tina. Et cette cabane de fromager, alors, où est-elle ?

— Quelle cabane de fromager ?

— La cabane de fromager de Jakob. Par un temps pareil, on devrait parfaitement la voir.

— Là-devant.

— Je ne vois rien.

— Bizarre. Moi non plus. Elle était encore là hier soir. Juste là. Je ne comprends plus. Elle a peut-être été enneigée.

— Une maison entière, recouverte sous la neige en une seule nuit ?

— Ça arrive, ces choses-là.

— Alors allons-y. Nous montons ou nous descendons ?

— Vers le bas, dit Max. Dans les montagnes, le café est toujours en aval. Une vieille règle d'alpinisme. Le calme et la paix se trouvent en haut, le café en bas.

— Et la voiture ?

— On la laisse.

La route était un ruban blanc qui, tout juste dégagé, conduisait vers la vallée. Sur le bitume, la neige était sèche et dure, mais pas glissante. Le prochain village devait être à une demi-heure à pied. Avec un peu de chance, Tina et Max trouveraient un bar qui primo serait déjà ouvert, secundo disposerait de toilettes pour les clients et tertio servirait des petits-déjeuners. Derrière eux, le soleil allait bientôt se lever. Bientôt, les premières voitures passeraient le col. Peut-être que l'une d'elles les laisserait monter à bord. Ou bien la voiture du facteur s'arrêterait et les conduirait à la prochaine gare.

— Dis-moi, reprit Tina en passant son bras sous celui de Max tout en marchant. Ton histoire, au fait, elle est terminée ?

— Plus ou moins. Il ne se passe plus grand-chose à Versailles. Le château est sinistrement vide. La reine passe l'été malade et alitée. Le roi, comme si de rien n'était, tire les lapins du parc. Et la princesse Élisabeth, comme à son habitude, se rend chaque matin à Montreuil à cheval.

À l'entrée, les jumeaux montent toujours la garde, mais tout est silencieux derrière le mur d'enceinte. Au cours de l'été, les dernières servantes et les derniers valets ont pris le large, le paysan normand itou. Le bâtiment des domestiques est fermé et les fenêtres barricadées, le pissenlit pousse entre les pavés. Les étables aussi sont désertes, les voleurs de bétail ont pris non seulement les volailles, mais aussi tous les porcs, moutons et chèvres ; même le troupeau de vaches a diminué de moitié par rapport à l'année précédente. Jakob ne se rend plus dans le parc du château avec les six vaches restantes. L'herbe de Montreuil suffit.

Désormais, Marie et Jakob sont seuls toute la journée. Ils passent de longues heures dans l'abri, à l'ombre sur la couverture à regarder les vaches ruminer ; la vache-maîtresse est couchée près d'eux. Les jours raccourcissent et deviennent plus sombres, et c'est bien tout ce qui se passe. Jakob aménage un petit foyer dans l'abri pour que Marie n'ait pas froid. Il observe avec intérêt son petit ventre de plus en plus rebondi dont, jusqu'au cœur de l'automne, elle dira que ce n'est rien, que c'est la nourriture.

Chaque matin, la princesse Élisabeth mène son petit cheval arabe blanc au pâturage, elle adresse alors un aimable salut à Marie et Jakob. Le petit cheval batifolera tout le jour parmi les vaches. On ne reverra la princesse qu'en fin d'après-midi lorsqu'elle s'approchera de la clôture, sifflera son petit cheval et disparaîtra avec lui par l'entrée du domaine.

Tout continuera ainsi derrière les grilles dorées de Montreuil, dirait-on. À l'automne succédera l'hiver, puis un printemps et un nouvel été, et encore un automne, les vaches vêleront, la vache-maîtresse cédera sa place à une plus jeune d'ici à quelques années et puis mourra, et Marie et Jakob resteront assis sur leur couverture, ils vieilliront en regardant pousser leur fillette, jusqu'à mourir eux-mêmes l'un après l'autre, et leur fille continuera de vivre, jusqu'au jour, trente, soixante ou cent ans plus tard, où elle aussi rendra l'âme pour une raison ou une autre ou sous un quelconque prétexte.

Ce cours des choses – ou plutôt leur stagnation – semble immuable jusqu'à l'heure où ces choses reçoivent l'impulsion nécessaire ; car, on le sait, rien en ce monde n'est immuable et tout change à un moment ou un autre. Parfois cette heure est longue à venir, parfois elle arrive vite. Pour Marie et Jakob, elle arrive après ce premier été qu'ils passent ensemble à Montreuil.

Le lundi 5 octobre 1789 est un jour de crachin maussade où il ne fera décidément pas vraiment clair. Marie et Jakob jouent aux échecs devant la cabane.

Ce matin-là, ils ne sont pas allés au pâturage car la vache-maîtresse ne voulait pas quitter la chaleur douillette de l'étable, ce à quoi se refusèrent aussi les autres vaches. Jakob leur a laissé la porte ouverte pour le cas où il prendrait l'envie à l'une ou l'autre d'aller au grand air ; en attendant, le petit cheval arabe devra passer le temps tout seul au pâturage.

Peu avant midi, Victor monte le chemin au pas de course, traverse l'esplanade et se précipite dans la maison des maîtres sans frapper. Marie et Jakob le regardent faire et s'étonnent. C'est inhabituel, tout à fait inhabituel. Jamais une chose pareille ne s'est produite à Montreuil.

Durant trois ou quatre minutes, rien ne bouge dans la maison. Des corneilles sont posées sur le faîtage du toit, les bas nuages pluvieux couleur gris plomb se reflètent dans les fenêtres.

Puis la porte s'ouvre et la princesse sort précipitamment. Elle traverse l'esplanade en courant. Plus question de glisser, de rouler et moins encore de ne faire qu'effleurer le sol. La princesse court. Relevant ses jupons, à grandes enjambées, elle traverse le champ de pommes de terre récemment labouré. Ses cuisses luisent de blancheur, l'ourlet de ses jupons frôle la terre humide. Elle trébuche, tombe et se relève, s'essuie les mains sur sa robe et continue sa course jusqu'à la clôture du pâturage. Elle siffle alors son petit cheval, bondit en selle et fonce sur l'avenue de Paris en direction du château comme si elle avait quelqu'un à ses trousses.

Peu après, Victor ressort de la maison. Il traverse le champ de pommes de terre d'un pas lourd. Il s'arrête devant la cabane. Marie et Jakob le rejoignent. Ses épaules tombent. Son visage habituellement rougeaud est blême. Sa moustache blonde pendouille, ses yeux verts écarquillés sont soucieux.

“Qu'est-ce qui se passe ? demande Jakob.

— Les émeutiers, dit Victor. Ils approchent.

— Allons, ce n'est pas nouveau, dit Jakob. Ça fait six mois qu'ils approchent.

— Cette fois, il n'y a que des femmes. Une armée de six mille maritornes de Paris. Boutiquières, blanchisseuses, cuisinières, bonnes. Armées de fusils, tisonniers, pelles et piques.

— Et alors ?

— Tu ne peux pas te battre contre des femmes, dit Victor. Tu pourras peut-être en tuer quelques-unes si nécessaire, ou les abattre d'un coup de feu à cinquante pas. Mais en tuer six mille, tu ne pourras pas.

— Des hommes, oui ?

— Six mille hommes, ce n'est pas un problème, ça arrive tout le temps. Mais six mille femmes, c'est impossible. Personne n'y est jamais parvenu. Même pas Attila. Ni Gengis Khan. Nous n'avons aucune chance. Versailles est perdu.”

Et le guerrier battu d'avance de tourner les talons et de regagner l'entrée du domaine. Jakob escalade le mur d'enceinte pour prévenir le grizzly, après quoi tous les trois, Marie, le grizzly et Jakob descendent jusqu'à l'entrée pour attendre avec les jumeaux l'arrivée de l'armée des femmes. Assis tous les cinq l'un à côté de l'autre sur le mur, les pieds ballants, ils attendent. L'entrée est verrouillée.

Et elles arrivent alors, les six mille furies. La terre tremble, l'air vibre, les oiseaux se taisent dans les arbres. Une procession interminable de femmes brandissant des gourdins s'avance en rangs par trois sur l'avenue conduisant au château. Vieillardes scrofuleuses, vierges aux joues roses, filles toutes jeunes et mères douillettes ; faces hilares, visages tordus de rage, poings serrés, seins dénudés et provocants. Leurs jupes sont trempées et sales après des heures de marche sous ce crachin. Elles sentent la rage, la sueur et la misère trop longtemps endurée. Elles hurlent des cris de bataille, chantent des chansons graveleuses, scandent les paroles, vocifèrent, grognent, gueulent, s'esclaffent, mais leur message est sans équivoque, il est on ne peut plus compréhensible. Elles veulent du pain, ces femmes, et elles le veulent tout de suite. Le roi n'a qu'à leur en donner. Et elles veulent aussi de la farine. Et du blé. Que le roi leur donne toutes ses réserves de blé. Les femmes réclament des provisions pour l'hiver. Des bouches affamées les attendent chez elles et jour après jour elles doivent les rassasier. Le dernier hiver fut dur, le précédent aussi, la patience de ces femmes est à bout. Dans tout Paris il n'y a plus de pain. Ou quand il y en a, on ne peut le payer. Si le roi ne peut pas donner de pain à ces femmes, alors qu'il aille avec elles à Paris. Il verra, alors, ce que c'est quand l'hiver arrive et que la ville a faim.

Collées les unes derrière les autres, les femmes passent devant Montreuil. Certaines crient à Marie de les rejoindre, d'autres lancent à Jakob des regards appuyés ou toisent sans en croire leurs yeux l'inconcevable grizzly. Quant aux deux gardes en uniforme, elles ne leur prêtent pas la moindre attention. Ce cortège dure plus d'une demi-heure. Il se clôt par quatre chevaux et quatre canons sur lesquels des femmes sont à califourchon. Et derrière les canons vient, ce qui dure encore une heure, une armée de quinze mille gardes nationaux.

Victor et Pierre pestent dédaigneusement contre les soldats qui se sont accrochés aux jupons des femmes. Eux, on pourrait s'en défaire. Mais le danger, ce sont les femmes. Les femmes sont invincibles.

Le cortège ralentit et s'immobilise ; l'avant-garde des femmes est arrivée au château. On les entend qui s'égosillent sur la place d'Armes. Des milliers de mains secouent les grilles. Le métal frappe contre le métal. Coups de feu. Hennissements. Hurlements. Les rues adjacentes sont noires de badauds. D'autres sont assis sur les toits luisants de pluie des maisons des bourgeois.

Le soir tombe, c'est bientôt la nuit. La pluie n'a pas cessé. Un épais brouillard s'élève sur les prairies. Il avance dans les rues en rampant, engloutit les maisons, les femmes, les soldats, les chevaux. Sur l'avenue, on allume des feux de camp, les soldats montent des tentes pour les femmes.

La pluie ne faiblissant pas, Marie, Jakob et le grizzly se mettent à l'abri sous l'abri des jumeaux. Pierre transforme le lit de camp en banc pour ses hôtes, Victor fait des pommes de terre sautées et des œufs sur le plat pour tout le monde. Marie va chercher à la cabane une meule de gruyère de sa fabrication. Jakob et le grizzly vont à la maison des castrats dont ils rapportent des pistaches, des citrons confits et des bouteilles de bourgogne. Après le repas, les jumeaux sortent leurs blagues à tabac et montrent aux autres comment on fume. Marie prend son petit ventre dans ses deux mains comme si c'était une miche de pain et explique aux hommes avec assurance que ce sera un garçon et qu'une femme sent ces choses-là.

Personne ne songe à aller dormir. Ce n'est pas une nuit à aller dormir. Mais la pluie tambourine, monotone, sur la bâche, les pommes de terre pèsent sur l'estomac. Dehors, sur l'avenue, le silence s'est fait. Marie s'appuie contre Jakob. Jakob s'appuie contre le grizzly. Le grizzly repose en lui-même. Les jumeaux montent la garde alternativement.

Tard dans la nuit, la pluie arrête de tambouriner. Un vent se lève, agite la bâche, chasse le brouillard. L'aube vient. Montreuil dégouline, le monde semble inchangé. Le soleil se lève, tout scintille dans la lumière dorée. Les vaches descendent l'allée en meuglant, en quête de Jakob. Il doit les traire, leurs pis énormes sont douloureux. Déjà la veille au soir, il a omis de le faire.

Après la traite, les vaches remontent au pâturage, soulagées ; elles y vont seules, la vache-maîtresse connaît le chemin. Les jumeaux sont de nouveau à la porte. Marie, Jakob et le grizzly escaladent le mur d'enceinte et observent l'avenue qui reprend vie. Des feux de camp assoupis se rallument, les femmes se mettent debout, vont d'un feu à un autre. Les unes chargent leur fusil, d'autres se ceignent d'un sabre ou mettent des couvre-chefs qu'elles se sont fait offrir par les soldats pendant la nuit.

Soudain, venant du château, une vague d'agitation se répand dans la foule, un frémissement, un bourdonnement, comme de mille essaims d'abeilles, qui se transmet d'un feu de camp à l'autre ; dès qu'elles l'entendent, les femmes hurlent des cris de triomphe, tendent les poings vers le ciel et courent vers le feu de camp suivant.

"Le roi vient !

— Dégagez la route pour le roi !

— Nous prenons le roi avec nous !

— Le roi vient avec nous à Paris !"

Mais il faut attendre que midi soit passé avant que la foule ne s'ébranle. Sur le bord de la chaussée se trouve un char à bœufs chargé de pains. Deux femmes, debout dessus, jettent des pains aux femmes qui passent, et celles-ci embrochent les pains sur les pointes des piques, des baïonnettes et des épées.

Et puis, au milieu de ce vacarme, lentement comme un corbillard, s'avance le carrosse doré du roi. Il est entièrement couvert d'or, lourdement orné d'arabesques, et huit chevaux le tirent, comme il sied pour un roi.

Roulant au pas, le carrosse passe devant Montreuil. Il se balance comme un bateau en haute mer sur la houle des femmes qui exultent, s'accrochent à ses montants, tirent sur les rênes, montent sur les marchepieds, frappent aux portières, lancent par les glaces latérales regards effrontés et plaisanteries salaces. Les gardes royaux à cheval ont été repoussés, ils suivent, loin derrière, timidement à la queue leu leu sur le bord de la chaussée.

Depuis le mur d'enceinte, Marie, Jakob et le grizzly ont une vue dégagée sur l'intérieur du carrosse, tapissé avec opulence de brocart, de velours et de soie. Sur la banquette avant est assis le couple royal avec ses enfants, sur la banquette arrière la gouvernante et la princesse Élisabeth.

"C'est lui, le roi ? demande Marie. Ce gros-là ?"

Au même instant, la princesse Élisabeth se tourne vers la glace et jette un dernier regard vers Montreuil.

Marie et Jakob lèvent la main pour la saluer.

Élisabeth leur adresse un ultime salut en retour.

Il faut des heures avant que le calme ne revienne sur l'avenue. Le carrosse royal est suivi d'un cortège serré de deux cents calèches transportant les effets royaux et le personnel et de trois douzaines de voitures chargées de blé, puis des quinze mille gardes nationaux ; en queue de cortège marche l'armée des forts en gueule, mendigots, baroudeurs et parasites qui ont occupé les rues de Versailles tout au long de l'été et déménagent maintenant à Paris, suivant l'hôte dont ils comptent se nourrir.

À la fin de l'après-midi, ils ne sont plus là. L'avenue est tranquille le long du mur d'enceinte, au loin dans le château le vent gémit dans les enfilades de pièces désertées. Les fenêtres ouvertes claquent. Les derniers laquais ferment des volets qui étaient restés ouverts pendant cent ans, avant de prendre le large eux aussi.

"Je suppose que c'est fini, dit Marie.

— Finie la chanson, dit le grizzly.

— La cage est ouverte, dit Jakob. Nous pouvons partir.

— Où ?

— S'en aller, c'est tout.

— Tu viens avec nous ? demande Marie au grizzly.

— Merci beaucoup, répond le grizzly en balançant sa petite caboche d'un air dubitatif. En ce qui me concerne, il est peut-être déjà un peu tard pour partir. Je le sens. La nuit arrive.

— Mais on est encore en plein jour, dit Jakob. Nous pourrons bien faire quelques lieues."

Jakob saute du mur et aide Marie à descendre, puis le grizzly saute à son tour. Ils rejoignent les jumeaux montant la garde à l'entrée, immobiles comme des armoires. Leurs yeux verts impassibles sont rivés sur l'avenue déserte.

"Ça va chez vous ? demande Marie.

— Pour l'instant oui, dit Pierre sans cesser de regarder droit devant lui.

— Tout le monde est parti, dit Jakob.

— Nous avons vu.

— Plus personne ici, dit Jakob. Personne devant la porte et personne derrière la porte. Vous n'avez plus rien à surveiller, je dirais.

— Tu es trop bavard.

— En fait, vous pouvez rompre les rangs.

— Tu es qui, toi ? Notre capitaine ? demande Pierre.

— Nous avons notre solde jusqu'à samedi, dit Victor.

— C'est aujourd'hui mardi, dit Jakob.

— Nous restons jusqu'à samedi. Si le solde n'arrive pas samedi, nous ne serons plus là.

— Mais nous partons tout de suite, dit Marie.

— Eh bien soit, disent Pierre et Victor.

— Je cours chercher mon sac de voyage, dit le grizzly.

— Et moi je vais chercher les vaches, dit Jakob. Les vaches viennent avec nous."

*

— Et ensuite ? demanda Tina.

— Quoi ? dit Max.

— Que s'est-il passé ensuite ?

— Plus rien. L'histoire est terminée.

— Ce n'est pas possible, allons, ça ne fait que commencer pour ces deux-là ! Ils s'élancent ensemble vers un avenir à deux ! Place aux vrais fils de la terre, place aux enfants du labeur ! Ils ont toute une vie devant eux. Ou bien non ?

— Je crois que oui.

— À la place de Marie, je serais partie dans le Midi de la France avec Jakob et les vaches. Je me serais trouvé un joli petit endroit avec vue sur la Méditerranée, peut-être une petite ferme abandonnée à un bon prix, et c'est là que j'aurais mis l'enfant au monde. Tu crois que les vaches auraient pu faire le voyage jusque dans le Midi ?

— Facilement.

— Il leur aurait fallu combien de temps ?

— Peut-être trois ou quatre mois.

— Alors ça aurait été possible pour l'accouchement, dit Tina. Et j'aurais pris le grizzly comme parrain.

— C'est ça, répondit Max. Si le grizzly était parti avec eux dans le Midi.

— Ah bon ? Ce n'est pas le cas ?

— Marie et Jakob ne sont pas allés dans le Midi.

— Alors où ?

— Ils sont rentrés en Gruyère.

— Avec les vaches ?

— Bien sûr.

— Et le grizzly ?

— Il a fait la route avec eux jusqu'à Gruyères. Arrivé là, il a serré Marie et Jakob dans ses bras une dernière fois, il leur a chanté un dernier air et, avec l'époustouflante agilité d'un ours, il a continué jusqu'au lac Léman, et de là jusqu'au Valais, puis le Grand-Saint-Bernard, il a descendu la péninsule italienne jusqu'aux Abruzzes et là, il est monté dans le village de montagne où il avait grandi et où Giuseppina, sa plus jeune sœur, qui avait encore plusieurs dents dans sa bouche, s'est fait une joie de le recueillir.

— C'est vrai ?

— Non, mais je souhaiterais que ce le soit.

— Et Marie et Jakob ?

— Eux, ils ont acheté une petite ferme nommée La Léchère et ont vécu ensemble une longue vie de bonheur.

— C'est vrai ?

— Oui. Marie est morte à soixante-quinze ans. Jakob quelques mois après elle. La ferme a brûlé en 1903.

— Et le bébé, il s'appelait comment, déjà ?

— Marguerite.

— Qu'est-elle devenue ?

— Elle a épousé le boulanger du bourg et lui a donné huit enfants. Son troisième fils est devenu un homme célèbre, conseiller national, conseiller aux États, juge fédéral, un éminent radical de 1848. À côté de cela, il était poète local de son bourg, une petite rue tout près de la gare porte son nom. Rien de spécial. Je te la montrerai tout à l'heure en descendant du car.

Dans l'intervalle, le soleil s'était levé sur le col de Bellegarde, les troncs des épicéas se détachaient, noirs, sur le blanc de la neige qui avait tout envahi. Tina et Max allaient de l'avant sur la route dégagée ; la vallée s'élargissait déjà. On apercevait quelques maisons, annonçant peut-être un village. Un véhicule montait la route. C'était une BMW avec bandes orange sur les côtés, une voiture de la police cantonale de Fribourg. Elle clignota à droite et s'arrêta sur le bord de la chaussée.

Max et Tina s'approchèrent de la BMW. Ses portières s'ouvrirent, deux policiers en uniforme en descendirent et saluèrent. Tous deux étaient grands comme des chevaux et larges comme des portes de maison, et tous deux avaient la face rougeaude et mâchaient un chewing-gum.

— Nous avons reçu un signalement pour une Toyota Corolla rouge restée bloquée cette nuit par la neige au col de Bellegarde, dit l'un des policiers.

Max et Tina évitèrent de se regarder. Chacun savait que l'autre envisageait de dire ne rien savoir d'une Corolla.

— D'après l'information de l'Office de la circulation routière, une femme et un homme se trouvaient à bord de cette voiture, continua l'autre policier.

Les preuves étaient accablantes, il aurait été ridicule de nier. Tina et Max, faisant mine d'être soulagés, déclarèrent être les passagers de la Corolla rouge.

— Je puis donc vous prier de nous suivre à la préfecture de police pour les vérifications d'identité, dit le premier policier.

— Pourquoi ça ? demanda Max.

— Pour infractions multiples au Code de la route, dit l'autre policier. Vous verrez. Pour l'instant, montez.

Il alla jusqu'à la voiture de police et ouvrit la portière arrière gauche. Tina et Max prirent place sur la banquette arrière. Une fois que les policiers furent montés eux aussi, la voiture fit demi-tour sur la route blanche et descendit promptement vers la vallée.

Qui sait si, à cet instant, un vieux bouquetin solitaire que sa promenade matinale faisait arriver au col de Bellegarde ne regarda pas vers la vallée. Si tel est le cas, on peut l'imaginer suivant des yeux la voiture de police qui, dans l'intervalle, était arrivée dans la vallée et roulait sur une longue route droite.

Peut-être le bouquetin aperçut-il alors à travers la vitre arrière les nuques de Tina et de Max, toutes rapprochées, les têtes penchées l'une vers l'autre. Eh bien voyons, songea-t-il peut-être, ça marche, après tout.

RÉFÉRENCES DES CHANTS ET DES LETTRES CITÉS

p. 113 : *Ich folge dir gleichfalls*, air de la *Passion selon saint Jean* de Jean-Sébastien Bach (1724).

p. 121 : *Ombra mai fu*, air de l'opéra *Serse* de Georg Friedrich Haendel (1738).

p. 138 : *"Le Hemvé"*, Jean-Jacques Rousseau, *Deux lettres à M. le Maréchal de Luxembourg (20 et 28 janvier 1763) contenant une description de la Suisse, de la Principauté de Neuchâtel et du Val-de-Travers*, Neuchâtel, éditions Ides et Calendes, 1977.

p. 155 : *Bist du bei mir*, air extrait du *Petit Livre d'Anna Magdalena Bach* de Jean-Sébastien Bach (1725).

OUVRAGE RÉALISÉ
PAR L'ATELIER GRAPHIQUE ACTES SUD
ACHEVÉ D'IMPRIMER
SUR ROTO-PAGE
EN MAI 2022
PAR L'IMPRIMERIE FLOCH
À MAYENNE
POUR LE COMPTE DES ÉDITIONS
ACTES SUD
LE MÉJAN
PLACE NINA-BERBEROVA
13200 ARLES

DÉPÔT LÉGAL
1re ÉDITION : JUIN 2022

N° impr. : 100473
(Imprimé en France)